空から森が降ってくる

小手鞠るい
Rui Kodemari

平凡社

目次

装幀――クラフト・エヴィング商會〔吉田浩美・吉田篤弘〕

空から森が降ってくる

野の花カレンダー

森の四季は、星のきらめきから始まる。

小さな、本当に小さな、米粒くらいの大きさの花が、ひとつか、ふたつ。糸のように細い茎の先で、ぱっと花びらを広げている。

スターフラワー。日陰の中で、光を散らしているように見えることから、こう名づけられたのだろう。

八枚の純白の花びらの上に、黄色いおしべが八つ。

茎は一本、その先端から広がっている葉っぱは六枚。

背の高さはせいぜい三センチくらいしかない。岩陰や大木の根もとなど、あまり日の当たらない場所で、ぽつん、ぽつん、と咲いている。

数は決して多くない。花の命も短い。だから、見逃してしまうことも多い。枯葉や枯れ枝に覆われている森の地面に、この星の花が咲いているのを見つけたら、季節は四月。春の始まりだ。

五月には、やっぱりとっても小さな水色の花、ブルエッツが、日当たりの良い場所に群れて咲く。まるで笑いさざめいているかのように。それを合図にして、ブルーや白のすみれ、陽気なたんぽぽが、そこら中で咲き始める。私の植え込んだ水仙も。

山には野生のマウンテンローレルが、池の端(はた)には野生のあやめが咲き始めたら六月。野原には白いデイジーや紫露草やバターカップ。私の植えた苗がいつのまにか野生化した、きつねの手袋。

七月になると、いちいち名前を確認するのももどかしくなるほど、あちこちで野の花たちが咲き揃う。日本の河原撫子(なでしこ)に似た濃いピンクの花、野生のミント、のこぎり草、クローバー、わすれな草。森の緑はいっそう濃くなり、草原は色と形と香りの協奏曲を奏でている。

「あ！　見て、あの花が咲いてる」

「あ！　この花も」

「今年も咲いたね」

「また会えたね」

「夏が来たね」――

散歩中、私たち夫婦のあいだで、そんな会話が交わされるようになる。

やがて、ブラック・アイド・スーザンという名の野生のひまわりが咲き始める。まんなかの種の集まっているところが「黒い目」ということなのだろう。なぜスーザンなのかはわからないけれど。

スーザンがお目見えしたら、八月がやってくる。路傍には、デイリリーと呼ばれているオレンジ色の百合が咲き揃い、山の中で人知れず生い茂る、白い紫陽花（あじさい）やピンクの野薔薇（のばら）にも出会える。

百合も薔薇も「これが雑草なの？」と、思わず立ち止まって、見とれてしまう。花屋さんで売られている百合や薔薇がかすんで見えるほど、華麗な咲きっぷり。夏の陽射しを吸い込んだかのような、あざやかな色。まさに真夏の色。

森で暮らすようになってから、季節の移り変わりは、ワイルドフラワーによって知るようになった。

ワイルドフラワー。

日本語では雑草と、ひとまとめにして呼ばれている草花を、英語ではワイルドフラワーという。野生動物はワイルドライフ。

「ワイルド」という単語を辞書で引くと、

1　自然のままであるさま、野生であるさま

2　荒々しく力強いさま

と出ている。

私としてはこれに、

3　優しく、さり気なく、つつましやかなさま

4　しなやかで、したたかで、柔軟なさま

を加えたい。

野の花たちを見ていると、荒々しさや力強さと同時に、儚（はかな）さや健気さを感じる。これらはとりもなおさず、「森」や「自然」の定義にならないだろうか。

私たち夫婦は、森の優しさ、懐の深さに抱かれて、かれこれ二十年以上、森の中で暮らしてきた。時には牙をむいて襲いかかってくる森の厳しさ、恐ろしさも、身をもって知っている。悪天候や倒木による停電、断水、干ばつなども、いやになるほど経験した。

自然と共に生きる、ということは、ワイルドに生きる、ということでもある。私は、ワイルドフラワーに囲まれた、ワイルドな暮らしに魅了されつづけている。

ここ、ニューヨーク州北部に広がっている森の家に移り住んだのは、一九九六年のことだった。私たちはそれよりも四年ほど前に渡米（アメリカ人である夫にとっては帰国）し、夫の大学院での研究が修了したら、ふたたび日本にもどるつもりでいた。

夫は日本が大好きで、日本語も堪能。

私は私で、渡米直後に小説の新人賞をいただいたばかりだったから、日本にもどったら、小説の執筆にいっそう本腰を入れたいと考えていた。

ところが四年後、ふたをあけてみたら、ふたりの考えはぐるっと変わっていた。カントリー派であり、アウトドア派でもある私たちにとって、アメリカ北東部は去り難い土地になっていた。

豊かな森、豊かな自然に囲まれた生活。庭には鹿やりすが遊びに来てくれ、日帰りで気軽に山登りに行けるような環境。迷うことなく「このままニューヨーク州に住みつづけよう」という結論を導いた。

ちょうどその頃、インターネットが劇的に普及し、たとえアメリカに住んでいても、日本との連絡にそれほど不自由しなくなったことも、私たちのこの計画をあと押ししてくれた。文明の利器に助けられて、ワイルドな森の生活を始めることができたわけである。

それまで大学町で住んでいた家を売って、ウッドストックという名の村のはずれに一軒家を買った。これが今、私たちの住んでいる森の家である。間違いなくここが、終(つい)の住処(すみか)になるだろう。

午前中の仕事を済ませて、私は森へ出かける。

毎日の散歩、もしくは、ランニング。

ここ何十年、欠かしたことのない日課のようなものである。

その途中で、ワイルドフラワーに出会う。これが何よりの楽しみだ。私にとってのアメリカの大自然とは、グランドキャニオンやナイアガラの滝などではなくて、あくまでも小さな野の花たちなのである。

野の花には風が似合う。風に揺れている姿が美しい。風が夏の香りを運んでくる。

「あ、この匂いは……」

ミルクウィードだ。

くすんだピンク色の花が集まって、野球のボールほどもあろうかというような球を形づくって咲く。夏の花らしく、勢いがあって、背も高い。日本では見かけたことのない野草だ。大きな特徴は、その香り。遠くからでも「ああ、ミルクウィードが咲いたな」とわかるほど強い、甘い匂い。

その匂いに惹かれて、蝶々や蜜蜂もさかんに集まってくる。

最初は、この甘ったるい匂いが「牛乳の匂いに似ているから、ミルクウィード？」と思っていたが、そうではなかった。

花が散ったあと、小型のラグビーボールみたいな形をした堅い実をつける。ある日、その実がぱかっとふたつに割れたかと思うと、中から、ふわふわの毛に覆われた種が、もわもわっと飛び出してくる。ふわふわの毛の色は、まさに乳白色。

なるほど、だから「牛乳草」なのか。

ミルクウィードは、ブラック・アイド・スーザンやデイリリーと並んで、八月の野の花カレンダーを飾る代表選手。蝶々や蜜蜂たちに交じって、花に鼻をくっつけてくんくんと匂いを嗅いでいる生物がいたら、それは私である。

ないしょ話

実は私の解釈は間違っていました。牛乳草の謂れは、匂いでもなく、実の形状でもなく、葉っぱの性質にありました。『National Audubon Society Field Guide to North American Wildflowers』（勝手に縮めて『北米野草図鑑』）によると、ミルクウィードの葉は、切り傷などがついたとき、白っぽい液体を出す、ということのようです。ひと口にミルクウィードと言っても、その種類はなんと二千もあるそうです。二千ですよ、二千！　ミルクウィードの研究をするだけで、人の一生が終わっても不思議ではないですね。一本の雑草の奥に広がる深遠な世界。さあ、きょうも早々と仕事を済ませて、ミルクウィードの匂いを嗅ぎに行こう。

後日談です。この原稿を書いた日の翌朝、路肩に群生しているミルクウィードのミルクを発見！ 前の晩、激しいサンダーストーム（雷嵐）がやってきて、直径一センチくらいのあられがバラバラ落ちてきたのですが、この氷のかたまりによって、葉っぱの随所に傷がついていたのです。白い液体は、その傷口ではなくて、葉っぱの元気な部分から滲み出ていました。てっきり傷口から出るものと思っていたのですが、そうではなかったのです。百聞は一見にしかず、とはこのことですね。

アン女王のレースとチコリの剣

空も陽射しも影も、まだ夏の顔をしているのに、野原や道ばたにこの花が咲き始めると「秋がこっそり忍び寄ってきたな」と感じる。

クイーン・アンズ・レース。

なんとも華麗なネーミングである。

おそらくアン女王自身はレース編みなどしないだろうから、誰かが編んだものをアン女王が愛用している、という意味なのだろうか。その名の通り、花の色も形も雰囲気も、レースで編まれたコースター、あるいは、レースの花瓶敷きのように見える。

こんな可憐な花が雑草だなんて！

渡米直後に初めて目にしたときには、びっくりしたものだった。

しかも、アン女王のレースは、干上がって石ころだらけになっている河原や、荒れ果てた空き地や、無味乾燥な高速道路の中央分離帯なんかでも、あくまでもたおやかに美しく咲き誇っている。

いつも不思議に思うことがある。

このクイーン・アンズ・レースのそばに、必ずと言っていいほど、ぴたりと寄り添って咲いている花がある。

名前はチコリ。

花の色はうす紫、ブルー、白など。花びらの形は野菊に似ている。

ヨーロッパでは野菜として栽培されていて、新芽や若葉や花びらをサラダなどに入れて食べているという。アメリカでは、誰からも見向きもされない雑草に過ぎない。

クイーン・アンズ・レースとチコリは、花も葉っぱも姿形もまったく似ていない。つまり共通点がまったくない。けれどもなぜか、いつもいっしょにいる。似たような土質、環境を好むせいなのだろうか。ただ偶然、そうなっているだけなのだろうか。

理由はわからないけれど、クイーン・アンズ・レースの白にチコリのブルーがよく映えて、野原で二者が群れて風に揺れているさまはなんとも涼しげで優雅。私はアメリカ東海岸の「夏の風物詩」と命名している。

さわやかに晴れ渡った夏空のもと、麦わら帽子をかぶって、カントリーロードを散歩している途中で、こんな看板を見つけた。

〈路肩のワイルドフラワーの刈り取り、お断りします〉

このメッセージに従ったのだろう、その家のそばの道路の脇だけは、草ぼうぼうのままになっている。

「その気持ち、わかるなぁ」

と、私は親近感を覚える。

このメッセージを貼り出した人に、心から共感する。

秋の終わりになったら自然に枯れてしまう草花を、なぜ、草刈機でいっせいに刈り取ってしまわないといけないのか。自然に生えている草を刈るために、ガソリンを使って排気ガスをまき散らすなんて、愚かな行為としか言いようがないではないか。町か村の公共機関から派遣されているらしい、ブルドーザーまがいの大型の草刈機を見かけるたびに胸を痛め、疑問を感じてきた。

想像してみてほしい。

きのうまで、元気いっぱいに咲いていたクイーン・アンズ・レースとチコリが、次の日には、根もとのあたりでばっさり刈り取られて、消えてしまっている光景を。

「あれはね、安全性のためだよ」

と、夫は涼しげな顔をして言う。

「安全性？　なんのための？　誰のための？　草が生えていたら、子どもたちに何か危険なことでもあるわけ？　落とした財布が見つかりにくくなる、とか？」

小動物や小さな生物たちにとっては、身を隠す場所が少なくなってしまうわけだから、確かに命の危険は増すだろう。

「刈り取りお断り」の看板を出している家の庭を見てみると、さまざまな草花が思い思いに生い茂っていて、大変に好もしい。

うちの庭にそっくりだ。

我が家では、草刈りは私が担当している。夫にやらせると、なんでもかんでも刈り取って庭を丸坊主にしてしまうからだ。

家の外壁に接しているところだけ、ガソリンを使用しない、手押し車のような装置で申し訳程度に刈って、あとはほったらかし。これが私のやり方である。

「だって、ここは森の中なのよ。本来は、動物たちや植物たちの楽園だったところに、私たちが勝手に家を建てて、住ませてもらっているのよ。生物たちに、敬意を払わなきゃだめでしょ」

「僕は、整然と刈り取られて、青々とした芝生の庭にあこがれるんだけどなぁ」

「だったら、ロンドンにでも引っ越しなさい！」

アメリカでは、前庭の芝生の状態が、その家の経済状況を物語っていると言われている。前庭が草ぼうぼうになっている家は、貧乏だから芝の手入れができない、というわけだ。

「思われたっていいじゃない？　ほんとに貧乏なんだから」

「いや、それだけじゃない。あまりにも草ぼうぼうだと、人が住んでいないのかと思われて、泥棒にも狙われやすくなる」

「貧乏な家に、泥棒が好きこのんで入るかしら?」

夫婦喧嘩、ならぬ、夫婦の意見交換を経て、草刈りは私が担当、最小限にとどめる、という方針が決まって久しい。

おかげでうちの庭には、四季折々のワイルドフラワーが生い茂っている。春先にはそこら中たんぽぽだらけで「隣の芝生は黄色い」状態になっている。たんぽぽの根をわざわざ毒薬で殺してしまう人の神経が、私には理解できない。

草が豊かに生い茂っているからこそ、鹿も熊もきつねもりすも、うさぎもしまりすも遊びに来てくれるのだし、小鳥は巣をかけてくれるし、蛇はいるし蛙はいるし、ふくろうもしょっちゅう姿を見せるし、草むらの中では野生の七面鳥が安心して子育てをすることができる。花には虫が集まってくるから、蜘蛛もやってくる。ピンク色の花にはピンク色の蜘蛛が、オレンジ色の花にはオレンジ色の蜘蛛がひそんでいる。

草花は樹木同様、生物たちの「森の生活」に、なくてはならない存在なのだ。

そういえば、小鳥たちの大半は、だいたい七月中には子育てを終えてしまうのに、アメリカン・ゴールド・フィンチという鳥だけは、遅くまで子育てをしている。あざやかなレモンイエローの羽を持った、美しい小鳥である。

フィンチは、あざみの種が大好きだ。だから、あざみが種をつける夏の終わりまで、子育てをしているのではないかと私は推察する。綿毛をつけてふわふわ舞っているあざみの種を、フィンチがシュッと飛んできてついばむ。

あざみにフィンチ。この組み合わせは、晩夏の風物詩だなと思う。


八月の終わりの夕まぐれ、ふたりで散歩に出かける。

「アン女王様、あなたの行くところへは、どんなところへでもお供して参ります。って、言ってるみたいよね、このチコリ」

「そうかな？　僕には何も聞こえないけど」

「チコリは、アン女王の騎士なんだよね。だからいつもいっしょにいるんだ」

「まあ、植物をそうやって擬人化するのは、ある種の職業病みたいなものか」

「ほら、チコリの茎と葉っぱを見てごらんよ。騎士の剣みたいに見えるじゃない」

「僕にはただの茎にしか見えないけど」

「あなたには、風情というものがわからないんでしょう」

まったく噛み合っていない夫婦の会話に、アン女王とチコリ騎士が仲良く寄り添って、耳を傾けてくれている。

風が少し冷たくなってきた。

秋の足音が聞こえる。

ないしょ話

クイーン・アンズ・レースの日本語名は「ノラニンジン」なのだそうです。これは「野良人参」なのでしょうか。だとすると、日本ではアン女王も「野良ちゃん」に成り下がっているわけで、笑えます。華麗で美しい花ですが、地下にはきっと、人参みたいなたくましい根が伸びているのでしょう。花を見て名づけるか、根を見て名づけるか、の違いでしょうか。

そういえば、鉢植えとして育てている折鶴蘭は、英語ではスパイダー・プランツと言います。日本人の目には「折り鶴」に見える植物が、アメリカ人の目には「蜘蛛」に見えるというわけです。

なぜ登るのか

「あなたはなぜ、エベレストに登りたいと思ったのですか?」

ザ・ニューヨーク・タイムズ紙の記者の質問に答えて、

「そこにエベレストがあるからだ」

と答えを返したのは、イギリスの登山家、ジョージ・マロリー(一八八六〜一九二四)である。

この男は、イギリスが国家の威信をかけて送り出したエベレスト遠征隊の一員として、三度、世界最高峰の登頂に挑んだ。

先のインタビューは、第三次遠征の前年、一九二三年三月におこなわれたもので、マロリーはこの三度目の登山中、頂上付近で行方不明になり、なんとそれから七十五年も経った一九九九年に、遺体が発見されたという。

亡くなった当時、彼は三十七歳。七十五年もの長きにわたって、彼の生命の時計は止まったまま、雪深いエベレストの山中に埋もれていたことになる。生きていれば百十二歳。もしかしたら彼は、誰にも発見されず、山の中で三十七歳のまま、眠りつづけていたかったのではないかと思うのは、小説家の妄想だろうか。

Because it's there.

「そこにそれ＝エベレストがあるからだ」は「そこにそれ＝山があるからだ」と日本語に訳され、この訳語は、謎に包まれた彼の最期とも相まって、いわゆる名言になった。

「そこに山があるからだ」を誤訳とする説もあるようだが、このエッセイを書くために、夫（英語ネイティブのアメリカ人です）にたずねてみたところ、「エベレストがあるからだ」は直訳、「山があるからだ」は意訳。どちらも正しい、とのこと。

となれば、私はやはり「山があるからだ」に軍配を上げたい。

——あなたはなぜ山に登るのか？

——そこに山があるからだ。

かっこいい！

ご存じの通り、エベレストの高さは、約八八四八メートル。

富士山の高さは、約三七七六メートル。

ここでちょっと自慢話をさせていただくと、私は高校時代に富士山の山頂を極めたことがある。「なぜ富士山に登ったのか？」と訊かれたら「そこに富士があったから」と答えることにしよう。

私の住んでいる村、ウッドストックを取り囲んでいる山々は、キャッツキル山脈と呼ばれている。キャッツキルの語源は、オランダ語で「猫の水飲み場」。

山猫の姿はいまだかつて目にしたことがないけれど、体長およそ一メートルのボブキャットがこのあたりの山々には棲息しているらしい。一度でいいから、会ってみたい。

キャッツキルの山々の高さは、平均すると、九〇〇メートルくらい。

富士山に比べると、山とも呼べない、丘みたいなものかもしれない。

暇さえあれば、私は山登りをしている。何しろ九〇〇メートル級なので、日帰りでも行けるし、早朝から登り始めれば、お昼までには下山できる山もある。

しかし、低くても山は山。富士山やエベレストの遠い親戚なのである。岩場で足を滑らせたりすれば大怪我をするし、道に迷えば遭難にもつながる。あなどってはいけない。過去に何度か危険な目に遭って、山の恐ろしさは重々、心得ている。

ランニングシューズで岩山にひょいひょい登って、「軽い靴で登ると楽勝だよね」なんて見くびっていたら、案の定、膝を傷めてしまって、それ以降、登山ができなくなってしまった年もある。水を切らして、死にそうな思いをしたこともあるし、夕方までに下山できなくなって、闇の中を右往左往したこともある。

それでも懲りない。山が好きでたまらない。一週間も登らないでいると、まるで喉が渇いて水を求めるように「山が恋しい」と思ってしまう。

子どもの頃から、山が好きだった。

野山が私の遊び場だった。小学五年生まで暮らしていた岡山県備前市の、家のまわりにそびえている低い山々に、ひとりですいすい登っていた。五月になると、山々にはピンク色のつつじが咲いて、遠目にもあざやかだった。そのつつじを目指して、山を駆け上がっていた、という記憶があるから、私はかなり野生的な少女だったのではないだろうか。三つ子の魂百まで、とはよく言ったもので、山好きな野生児は、今も私の身の内に棲息しているようである。

山の魅力は、語っても語っても尽きることがなく、何をどう語っても語り足りない。山とは語るものではなく、登るものである、とでも言っておこうか。

いつ登っても、山には出会いと発見がある。

りす、しまりす、鹿、黒熊（英語名はブラックベア）あたりは常連だが、運が良ければ、棘のかたまりさながらのポーキューパイン（日本語名はやまあらし）や、いかにも無頼漢といった風体のコヨーテ、目つきの鋭いレッドフォックスなどにも会える。保護色に身を包んだひきがえる、オレンジ色のいもりなど、小さな生き物たちにも。

同じ山でも、登る季節によって、山はまったく違った表情を見せてくれる。

初春の山を彩る山野草。雪解けから、樹木の新芽が若葉に生長し日光を遮るようになる直前までのわずかな期間に、山野草は懸命に陽を集めて咲きそろう。そこら中に絨毯(じゅうたん)を敷き詰めたように咲く花もあれば、ぽつん、と一輪だけ、急な崖の斜面で花を咲かせている草もある。

夏の山はにぎやかだ。バイオリンの音色と比べても遜色のないハーミットスラッシュ。猫の声を真似て鳴くキャットバード。うぐいすに似た声で歌うアメリカンロビン。声の主は小鳥だけではない。夏から秋にかけてそこここで響き渡る、蛙の大合唱は圧巻だ。

マウンテン・ツリー・フロッグという名の緑色の可愛い蛙。この蛙は、夕方になると木に登って、ひと晩中、枝の上で喉を鳴らしつづける。

一匹が「ゲゲゲッ」と鳴くと、それに応えるようにして、あるいは対抗するようにして、別の一匹が「ゲゲゲゲッ」と鳴く。するとまた別の一匹が「ゲゲゲゲゲッ」と鳴く。「ゲ」が少しずつ増えていく。途中で、ある一匹が「みなの者、黙らんか」と言わんばかりに、ひときわ大きな声で「ゲーッ」と、あたりを制する。一瞬だけ間があって、そのあとにまた「ゲゲッ」「ゲゲゲッ」「ゲゲゲゲッ」が始まる。

我が家もマウント・トバイアスという山の中にあるので、八月から九月の終わりにかけて、ツリー・フロッグの大合唱が子守唄になる。大音響なのに、不思議と安眠できる。

雑誌か何かで目にした記事によれば、蛙というのは、その土地の自然環境の良し悪しを象徴する存在であるらしい。環境が汚染されれば、蛙はいなくなってしまうという。

五、六年前だったか、岡山に住んでいる父から届いた手紙に「ひと昔前までは、水田の中から、うるさいくらいに聞こえてきた蛙の声が聞こえなくなった」と書かれていたことがあった。近年ではその田んぼ自体が姿を消して、田んぼだったところには大型ショッピングモールができているという。

青々とした田んぼの上を白鷺が優雅に舞っていた故郷の風景は、様変わりしてしまったようである。岡山の蛙たちはどこへ行ったのだろう。私は今夜も、地球の反対側のウッドストックで「蛙たちの交響曲 第九番第四楽章 喜びの歌」を聴きながら案じている。

いつの年だったか、どこかの登山路で、父親と息子の二人連れとすれ違ったときのこと。私と夫は下山中で、彼らは登山中だった。

十歳くらいの息子はすでにくたびれ果てていて、苦しそうな息を吐きながら、父親にたずねた。

「ねえ、お父さん、山の頂上には何があるの？」

こんなに苦しい思いをして登るからには、頂上には、なんらかのご褒美が待っていてほしい。そんな気持ちが透けて見えた。

こういうとき、アメリカの父親は息子に、なんと答えるのだろうか。うちの夫なら「おいしい弁当が待っている」と答えるだろう。

私は興味を持って、ふたりの会話に耳を澄ました。父親は言った。

「頂上には何もない」

「ええっ！」

私も息子と同じことを思った。ええっ！　何もないの？

そのあとに父親がつづけた言葉は、まさしく名言だった。

「そこにはただ、到達したという満足感だけがある」

それ以来、私はふとしたときに、この名言をつぶやいていることがある。

この仕事を終えたら、そこには何があるの？　何もない。ただやり終えたという満足感だけがある。この人生を生き終えたら、そこには何があるの？　何もない。ただ生きたという満足感だけがある。

その満足感のために、私たちは歩いていくのだろうか。荷物を背負って、しんどい山道を。

山登りは本当にしんどい。

足腰は痛くなるし、夏は蚊に刺されるし、汗まみれ、泥まみれになる。

私たちはふだん平地を横移動している。山は縦移動である。横が縦になっただけで、どうしてあんなにしんどいのだろうか。たとえ九〇〇メートルであっても、横ではなくて縦に歩くだけで、一種の苦行になる。

それでも私は山に登りたい。一歩ずつ、空に近づいていきたい。

今週末はお天気もいいので、山へ行けそうだと思っただけでそわそわしてきて、仕事が手につかなくなってしまう。金曜日には早々と仕事を片づけて、登山靴を磨いている。

あなたはなぜ、山に登るのか？

もしも誰かにそう訊かれたら、私はこう答える。

山が私を呼んでいるから。

命の楽園

十月になると、このあたりの園芸店ではいっせいに菊の鉢植えを売り出し始める。

菊といえば、日本では地植えにするのが一般的だと思うが、こちらでは鉢植えのみ。えんじ色、白、ピンク、黄色など。華やかにぎっしりと満開になったものが売り出される。秋に買い求めて枯れるまで愛でる。それがアメリカ流の菊の楽しみ方のようである。

毎年、十月六日。

私は菊の鉢植えをたずさえて、お墓参りをする。

墓所は、前庭の林の手前にある池のほとり。そこからだと家全体が見えるし、家からも常にお墓が見える。

渡米後ほどなく、動物保護施設から引き取らせてもらい、いっしょに暮らしてきた猫のお墓である。

名前はプリン。通称はプーちゃん。

子どものいない私たち夫婦にとって、この猫は十四年あまり「うちの子」でいてくれた。溺愛していただけに、先立たれたときには、ふたりとも滂沱（ぼうだ）の涙を流して、悲しみに明け暮れた。

それまでの二十二年間、私たちはわりあい仲の良い夫婦でやってきたつもりだった。しかし、猫に死なれたとき、夫婦の危機がやってきた。離婚するしか道はないのか、と、本気で考えた。長い話を短くまとめると、ふたりでいると喜びは確かに二倍になるが、悲しみは決して半分にはならず、悲しみは二十倍になる、ということなのである。

私は夫の顔を見ると悲しくなり、夫は私の顔を見ると悲しくなる。これはもうどうしようもない。いちばん慰められたい相手であるはずの伴侶（はんりょ）からの慰めが、悲しみを増大させてしまうのだから。

しばらくのあいだ、家庭内別居をしていた。幸いなことに我が家は二階建てなので、彼は一階、私は二階で生活し、食事もばらばらにして、一階にあるキッチンやガレージなどでも、なるべく顔を合わさないようにしていた。

悲しみに対する処し方にも、私たちには大きな違いがあった。

私はプーちゃんの写真を身の周りに置いて、落ちていた毛一本、爪のかけらも見逃さずに集め、生前のプーちゃんの面影に囲まれた状態の部屋に閉じこもり、ひたすらプーちゃんとの思い出を小説やエッセイに書き綴っていた。それが人生最大の喪失の悲しみに対抗する手立てだった。

一方の夫は、悲しくて「写真などとうてい見られない。いっさい僕の目に入らないようにしてほしい」と言う。悲しみと闘うために家にこもった私とは対照的に、彼はどんどん家の外へ出ていった。同じようにペットを亡くした人たちに会って打ち明け話をし合ったり、ボランティア活動に参加したりするために。


ウッドストック・ファーム・アニマル・サンクチュアリ。

夫がボランティアとして通っていた、動物保護施設の名称である。

この施設の特徴は、ペットや野生動物ではなくて、家畜動物（英語ではファームアニマル）の救済・保護活動をおこなっていること。
収容されているのは、牛、山羊、羊、豚、鶏、七面鳥、鴨など。

みんな、なんらかの形で人間から虐待され、劣悪な環境下に捨て置かれていた生き物たちである。たとえば、体の向きを変えることさえできないほど狭いコンクリートの檻の中に閉じ込められていた牛や鶏。たとえば、屠畜場へ向かうトラックから脱走して、高速道路をうろうろしていた豚。鎖につながれていた前足が腐りかけていた山羊。

施設では、主に近隣の住民からの通報を受けて、動物たちのレスキューに向かい、保護し、施設に連れ帰って医療を施したあと、彼らが短い生を全うするまで手厚く面倒を見て可愛がっている。可愛がっている証拠に、一頭一頭、一羽一羽に、名前が付けられていて、スタッフ全員、動物たちの名前を覚えて呼んでいた。もちろん夫も。

なんとか離婚の危機を脱して、ふたりのあいだに夫婦の会話がもどってきた頃、

「きょうはサンクチュアリでどんな仕事をしてきたの？」

と、たずねると、夫は満面に笑みをたたえて、

「うん、きょうはずっとね、ディランの落とし物を片づけていた。ああ、腰が痛い。だ

って、ディランのあれって、岩のように重いんだから」

などと答える。ディランは牛。あれとは糞である。

「きょうはさ、デリックの世話をしていた。もう、突かれて突かれて、傷だらけだよ。ほら、見てよ」

デリックとは鶏の名前である。攻撃的なのは、闘鶏用に飼育されていたせいだ。

経営者のジェニーは、幼い頃に小児麻痺にかかって片足切断を余儀なくされ、義足で生きてきた女性。パートナーと共に営んでいた映像ビジネスで築いた財産を注ぎ込んで、ウッドストックの村はずれに土地を購入し、サンクチュアリを設立した。

サンクチュアリの本来の意味は「神聖な場所」である。そこへ逃げ込めば、法の力が及ばなかった中世の教会の呼び名でもあったらしい。日本語で言えば、駆け込み寺か。

私も何度か訪ねたことがある。

私の目には、そこは「楽園」のように見えた。

牛も羊も山羊も豚も鶏も、とても幸せそうだった。それは当然だろう。ここでは誰も、彼らの命を脅かさないのだから。幸せそうな動物たちの姿を見ているだけで、私も幸せな気持ちになってくる。ヨーロッパからボランティアをしに来ているという若者や、学校の先生に引率されて見学に来ている子どもたちの姿もあった。

「この子はね、ここへ来て初めて、土の地面を踏むことができたのよ。生まれて初めて土を踏んだときの、彼女のうれしそうな顔と言ったら……」

子どもたちに説明しながら、ジェニーが抱きしめていたのは、ピンキーという名の豚だった。

ジェニーをはじめ、施設のスタッフたちはひとりの例外もなく、ビーガンと呼ばれている厳格な菜食主義者である。肉類はもちろんのこと、卵や乳製品もいっさい食べない。夫によると、施設内で出前を頼んだ「ピザの生地の上には、野菜だけがのっていた」そうである。

「もう新しい猫は飼わないの?」

ときどき、友人や知人から訊かれることがある。

「飼わない」

と、私たちは声を合わせて答える。

私たちの猫は昔も今も、プーちゃんだけなのだ。あの子は唯一無二の猫だった。この気持ちを共有できている限り、私たちはこれからも夫婦でいつづけられるだろう。

唯一無二の猫が教えてくれたこと。それは、世界中の動物たちは、私たちの友だちなんだってこと。

お天気が優れず、山登りのできなかった日などに、私たちは車を走らせて、見知らぬ村まで出かける。そして、なんの変哲もないカントリーロードを歩く。

カントリーロードにもまた、さまざまな出会いがある。一、二時間あまり歩いていれば、必ずと言っていいほど、山羊や馬や羊に出会える。ときにはリャマ（アルパカかもしれない）に出会うこともある。

人なつこい馬が、私たちの姿に気づいて近づいてくる。

夫は「よしよし、いい子だ」と言いながら鼻筋を撫(な)でてやり、私はそのへんに生えている草をむしって与える。

「ねえ、馬がお店を経営するとしたら、何屋さんだと思う？」

私は「動物のお店」を舞台にして、子どもたちのための童話を書いている。『うさぎのマリーのフルーツパーラー』はすでに上梓されている。

「馬の職業か。そうだな、やっぱり八百屋なんじゃない?」

「人参が大好物だから? そんなの、当たり前すぎるじゃない? もっとこう、子どもたちが『へぇーっ』て、びっくりするようなお店にしなくちゃ。びっくりするんだけど、納得できるような」

「うーん、なんだろう? お店じゃなくて、弁護士か医者にすれば? そうしたら、馬鹿なんて言われなくなるかも? 警察官なんてどう?」

「……あ、わかった! わかったよ、馬のお店屋さん」

「何?」

「仕立て屋さんよ。馬のテイラーは、仕立て屋さん。うん、これで行こう」

馬は静かにしっぽをふりながら、私たちの馬鹿な会話に耳を傾けている。

頭上には、透き通った水色の空。

ひつじ雲が浮かんでいる。

草の中から、虫のコーラスが聞こえてくる。

プーちゃんは天国で、幸せに暮らしているだろうか。

この地球が動物たちにとって、命の楽園であってほしい。そう願うのは、大それたことだろうか。

ないしょ話

『うさぎのマリーのフルーツパーラー』のほかに「ねこの町といぬの村」シリーズもあります。『ねこの町のリリアのパン』『ねこの町のダリオ写真館』『ねこの町の本屋さん　ゆうやけ図書館のなぞ』『ねこの町のホテルプチモンド　ハロウィンとかぼちゃの馬車』など。動物の姿を見かけるとつい「この子には、何屋さんが似合うだろう?」と、考える癖がついてしまいました。アルパカはやっぱり毛糸屋さんでしょう。そういえば「森のとしょかんシリーズ」では、図書館長は山羊で、郵便局長は羊で、レストランのシェフは黒くまで、パティシエは野うさぎで、消防署長はおおかみで、音楽教室の先生はきつねで、タクシーの運転手はいのししで——

あ、はい、お忙しいところすみません。蛇の足はそろそろ引っ込めます。

紅葉時計

花火のような、パッチワークのような、山が燃えているような、恋する乙女の胸の内のような、めくるめく夢の世界を見ているような――と、あれこれ呻吟（しんぎん）した挙句の果てに「言葉では表現できないほど美しい」に行き着く。

小説家にとって「言葉では表現できない」は禁句だと思うし、逃げの表現だとわかっている。わかってはいるものの、どんな言葉で表現しても到底かなわないのだから仕方がない。潔く、白旗を掲げよう。

この紅葉を、言葉ではなくて、絵で表現すると、どうなるか。

十九世紀の中ごろ、ロマン派の流れを汲む風景画家の一派として、ハドソン・リバー派と呼ばれる、アメリカの画家たちのグループがあった。画家たちが好んで描いたのは、私の暮らしているキャッツキル山地やハドソン川周辺の風景だった。いずれもきわめて写実的に、つまり、現実の風景を忠実に再現する、という手法で描かれている。

彼らの発表した秋の風景画を目にした、ヨーロッパの美術批評家たちは、

「嘘だろう。こんな色彩、自然界に存在するはずがない」

と、口々に嘲笑を浴びせたという。

つまり、画家たちが写実的に描いた紅葉は「嘘のように美しかった」ということだ。


十月の初旬から始まる紅葉は例年、だいたい中旬くらいにピークを迎えて、下旬になると散り始める。この季節には、キャッツキルを離れて、どこへも行きたくない。

毎日、朝から晩まで、山々を眺めていたい。

晴れた日よりも、曇った日の方が発色がいい。色が深く、しっとり落ち着いて見える。雨に濡れている紅葉も美しい。

暇さえあれば、散歩に出かけて紅葉を眺める。山に登って紅葉を眺める。紅葉狩りのドライブに出かける。寝ても覚めても紅葉三昧。まぶたが紅葉で染まりそうなほど、言葉で

は表現できないほど、美しい日々なのである。

マウント・トバイアスの中腹に位置する我が家まで、うねうねとつづく山道を車で上ったり、下ったりしているさいちゅうに、毎年、同じ場所で、同じ木を指さして、私は叫ぶ。ひとりで外出しているときには、ひとりごとをつぶやく。

「あ、見て見て、あの木。ほら、あの木、もう赤くなってる、端の方が」

今はまだ八月の終わりだ。

けれども、無数の木の中には、気の早い木がいて、毎年いちばんに赤くなる。まるで紅葉の先導役を果たしているかのように。

最初に色づくのは、華やかな赤と明るいオレンジ色のメイプル。そのあとを追いかけるようにして、多数派の黄色が加わる。若木や低木はピンクや薄紫に。

メイプル、すなわち楓(かえで)には、実にさまざまな種類がある。

シルバーメイプル、レッドメイプル、ブラックメイプル、シュガーメイプル、マウンテンメイプル、ノルウェイメイプル――日本の「いろはもみじ」は、ジャパニーズメイプル。

これらのメイプルが奏でる色の協奏曲を、常緑樹の緑が通底音となって支えている。まさに色の饗宴。ため息なしには見ることができない。秋口に雨が多く降ると、色合いはいっそう濃くなる。

これは私の想像に過ぎないけれど、それぞれの木は、それぞれ独自の紅葉時計を内包していて、その時計に従って色づいたり、葉を散らせたり、芽吹いたりしているのではないかと思う。

紅葉時計とはすなわち、木の個性、木の人格なのである。


紅葉の季節、さらに目を見張るのが、色づいた葉の散っていく姿。

日本人は桜の散り際を愛でるが、私は(私も日本人だが)紅葉の散り際を愛でる。

風に誘われ、風にさらわれ、風にもてあそばれて、はらはら散っていく赤、くるくる舞い落ちるオレンジ、雨のように降り注ぐ黄色や茶色の葉っぱたち。

見上げると、まさに空から森が降ってくるかのようだ。

葉っぱのほかにも、落ちてくるものがある。

どんぐりや、小枝や、木の皮や、枯れて乾いた木の花や、妖精の風船みたいな小さな木

の実。プロペラみたいな形をした木の実。かんざしのような木の実。

木の実を集めるために、りすたちが走り回っている。黒くまは、大好きなヒッコリーの木に登ろうとする。野生のりんごの木は、鹿たちのために実を落とす。木の下で、鹿は落ちてくる実を待っている。私はランニング中に、野原に落ちているりんごを拾って齧（かじ）ってみる。野生のりんごの味は淡くて甘い。優しい甘さである。落ちているりんごにはたいてい、小鳥に突かれたあとがある。そこに蟻が群がっている。

森が生き物たちのために、惜しげもなく恵みを降らせているのだとわかる。

落とされた葉っぱは、地面にぶあつく降り積もり、冬のあいだ、木の根を守り、朽ち果てたあとは土の栄養になる。

葉っぱにも木の実にも、いっさいの無駄がない。

寿命が訪れたときには倒れ、時間をかけて土に還る。土から生まれて土に還る。還るまでのあいだ、倒木の中で棲息する生物もいる。一本の木の営みの中で、どれだけの小鳥や虫や蛙が、動物たちが、その恩恵にあずかっていることか。そして、太古の昔から、人々は木で道具を作り、乗り物を作り、家を建て、暖を取り、果実を得、慰めを癒しを得てきた。

木とはなんと偉大な存在なのだろう。

今年の夏、マンハッタンへ遊びに行っていたときのことだった。

ある大通りに立っている一本の街路樹に、こんな一文の記された貼り紙がピンで留められていた。

Please water me, or die.

——私に水を下さい、さもなければ死にます。

誰が貼り付けたのだろう。役所か並木の管理局の人だろうか。それとも、木を愛する人?

おそらく後者だろう。this tree ではなくて me と書かれているところに、貼り付けた人の木への思いを感じた。

葉っぱの形から察するに、豆梨のようだった。

大通りのすみっこで、車の排気ガス、都会の汚れた空気、騒音などに晒されながらも、すっくと立っている一本の木。与えられた土は少なく、水をやる人もいないのだろう。第一、こんなところで、どうやって水をやればいいのか。水源もないのに。

かわいそうに、と思いながら、木を見上げてみると、上の方はほとんどが枯れ枝になっている。明らかに、死にそうになっている。

次の瞬間、

「あっ！」

私は声を上げた。

枝の一部にはまだ葉っぱが茂っていて、なんとそこに、白い花がひと群れ、咲いているではないか。

豆梨の開花時期は四月である。

八月の暑い盛りに花を咲かせることなどない。

もしも夫がそばにいたら、

「なんだ、花が咲いているんだから、まだまだ大丈夫なんじゃない？」

と、能天気に言いそうだなと思った。それに対して、私はこう返すだろう。

「違うのよ。あれはね、木がなんとかして生き残ろうとして必死になって、それで季節外れの花をつけているの。自分はもう死ぬ。だから、花を咲かせて実をつけて、その実を落とせば、生き残れるんじゃないかと考えているのよ。決死の花なのよ」

これは、うちの近くに住んでいる、りんご園の経営者から教わったことだった。

若くて元気なりんごの木がたくさん、豊かな実をつけるのではなくて、その逆。死にかけている老木の方が、美味しい実をたくさんつけるのだ、と。それは、木が生き残りをかけて必死で生らせている、命の実なのである、と。

健気な豆梨に、私はそっと声をかけた。

「あしたから雨になりそうだから、もうちょっとの辛抱だよ。がんばってね」

豆梨は黙って佇んでいる。

都会の暮らしに疲れ果て、森へ帰りたいのだろう。

「ほら、またそうやって木を擬人化してる！」

今にも夫の笑い声が聞こえてきそうだ。反論する気はない。

確かに木は木に過ぎない。言葉もしゃべれないし、感情も思考も、おそらく持っていないのだろう。しかし、命は持っている。その命によって、私たちは安らぎを受け取り、木陰をつくってもらい、緑に癒され、元気にしてもらっている。防風林、防砂林などで、災害を防いでもらっていることもある。

木は私たちの同胞であり、友人であり、仲間である、と考えることは、馬鹿馬鹿しいことだろうか。

死にかけている一本の木を「かわいそうだ」と思うこと、木には私たちと同じように生命があると考えること、環境保護も自然保護もここから、擬人化から始まるのではないかと、私には思えてならないのだけれど。

ないしょ話

私の擬人化を笑った夫に「これを読め！」と、水戸黄門の印籠のように突き付けたくなる本に、つい最近、出会いました。木には性格や感情が備わっていて、言葉や声も持っていて、互いにコミュニケーションを取り合い、助け合いながら生きている。つまり、木には人格や社会性がある、ということを証明している本です。私はふだん、人に本をすすめることはあまりしませんが（なぜなら人それぞれに好みがあると思うので）、この本はみなさんにもご一読をおすすめ致します。読まれたあと、木や森に対する考え方ががらりと変わってしまうでしょう。電車の窓から見える一本の並木が、日々どんな思いを抱いて生きているのか、思いを馳せるようになるでしょう。そうすると、あなたの生き方にも、なんらかの変化が出てくるかもしれません。

『樹木たちの知られざる生活　森林管理官が聴いた森の声』（ペーター・ヴォールレーベン著、長谷川圭訳、早川書房）

アップルソング

春から秋の終わりまで、果物や野菜はスーパーマーケットではなくて、ファーマーズマーケットで買う。ファームスタンドという看板もよく見かける。いわゆる「農産物直売所」である。

広大な野菜畑や果樹園のそばに、ぽつんと粗末な掘っ建て小屋（幽霊屋敷に見えることも）があって、その中には、畑で穫れたばかりの野菜や果物が所狭しと並んでいる。手づくりのパンやジャムや焼き菓子なども置かれている。新鮮な卵やミルクや蜂蜜やメイプルシロップも。運が良ければ揚げたてのドーナツも。なぜか、石鹸やろうそくも。

家の近所の大通りの道路脇に二軒、私の行きつけの店がある。

近隣の町や村にも点在しているので、遠出をしたときには必ず、その町や村のスタンドに立ち寄ることにしている。

摘みたてのブルーベリーやラズベリーやブラックベリーに始まって、いちごの季節、さくらんぼの季節、ぶどうの季節、桃の季節がやってくる。

ああ、春だな、夏だな、夏もまっさかりだな、などと思っているうちに、ある日、店頭にも店内にもこの果物があふれ返る。

ああ、今年もりんごの季節がやってきた。

山羊一頭が軽く収まりそうな木箱の中に、りんごがごろごろ、というよりも、どっかーんと詰まっている。ハニークリスプ、ガラ、ゴールデンデリシャス、レッドデリシャス、マッキントッシュ、ジョナゴールド――そして、日本から入ってきたと思われるムツやフジもある。

種類別に分かれている木箱から、お客は好きなりんごを好きなだけ、備え付けの紙袋に詰め込んでいく。量り売りで、値段は一律。どっさり買って帰る。おやつ代わりにかじるだけではなくて、サラダに入れたり、アップルパイをつくったり、ジュースにして飲んだりする。そういえば、ファームスタンドで売られている揚げたてのドーナッツの生地は、水じゃなくてアップルサイダーで練られているのだった。

りんごの木を庭に植えている友人や知人もいて、この季節になると、りんごを煮てつくったアップルソースや自家製のアップルタルトをいただいたりすることもある。

色といい、丸みといい、重みといい、香りといい、味といい、りんごというのはなんて愛らしい果物なのだろうと、見慣れているはずのりんごを手にして、私は毎年、感動する。

春先に、枝という枝に可憐な白い花を咲かせていた、あのりんごの花が一輪、一輪、この実になったんだなと思うと、なんだかそれだけで「よくやったね」と、りんごの木を褒めてあげたくなる。


ニューヨーク州は、りんごの産地である。

ウッドストックに引っ越してくる前に四年ほど暮らしていた、コーネル大学のある町イサカにも、至るところにりんご畑があった。収穫期には、アップルフェスティバルという催し物まであった。

それまで私は、りんごと言えば「青森県」と思い込んでいて、日本からアメリカに渡った果物なんだろうと思っていた。まさか、青森県のりんごは、もとを正せばアメリカ生まれ、アメリカ育ちだったなんて、思ってもいなかった。

　調べてみたところ、江戸時代末期にペリーの黒船が姿を現して人々をびっくり仰天させてから七年後、日米修好通商条約批准の特使として渡米した新見（しんみ）豊前守正興（ぶぜんのかみまさおき）というお侍さんが、アメリカからりんごの苗木を日本へ持ち帰ったのが、日本におけるりんご栽培史の始まりのようである。

　実はその前にも、日本にりんごはあったらしい。英語ではクラブアップルと呼ばれている小粒のりんごで、味が渋くて酸味も強すぎるため、食用というよりも観賞用の果物だったようだ。

　野生のクラブアップルの木は、散歩の途中でよく見かける。

　梅と見間違えそうな小さな青い実をつけて、小鳥たちに喜ばれている。何を隠そう、私も道ばたに落ちている実を拾って、食べてみようとしたことがあるのだけれど、ひと口かじっただけで吐き出してしまった。

　クラブアップルをアメリカに持ち込んだのは、十七世紀にメイフラワー号に乗ってやってきたヨーロッパからの移民である。開拓者たちは、安全な飲み水の不足を補うために、庭にクラブアップルの木を植えた。やがてこの木が改良され、現在の私たちが食べている大型のりんごになり、その苗木を幕末の幕臣が日本に持ち帰ったというわけである。

知ったようなことを書いているが、これらはすべて一冊の本を読んで知ったことだ。『奇跡のリンゴ――「絶対不可能」を覆した農家　木村秋則(あきのり)の記録』（幻冬舎）という作品で、第一刷の発行は二〇〇八年。著者は石川拓治氏。

この本の中で私は、いまだに忘れられない言葉に出会っている。

――リンゴの花はなんと綺麗なものだと思った。桜に似ているけど、リンゴの花は上を向いて咲くのな。桜の花は下を向いて、花見をする人の方を見て咲くでしょう。リンゴは人間を気にもしてないの、上を向いて咲くんだよ。

サブタイトルにも名前が出ている木村秋則さんの言葉。

苦労に苦労を重ねて育て上げたりんごの木が、九年ぶりに花を咲かせてくれて、その花のもとでお花見をしていたときの気持ちを、石川さんに語った言葉の一部である。

桜はうつむいて咲くけれど、りんごは空を見上げて咲く。

この言葉に出会ったとき、まるで閃光のように、私の内面できらめいたものがあった。一編の長編小説の誕生の予感である。それまではどこかぼんやりとした存在でしかなかった物語が、雲間からくっきりと輪郭を現してきた、そんな気がした。

敗戦直前、空襲の瓦礫の中から救い出された赤ん坊が成長し、少女時代にアメリカに渡って戦争報道写真家になる。幼かった主人公が耳にしていたのは、戦後の日本で大ヒットしていた「リンゴの唄」。渡米後、カメラを買うために季節労働者として、身を粉にして働くのはニューヨーク州のりんご園。彼女が終生、住みつづけるのはビッグアップルという愛称を持つニューヨークシティ。

小説のタイトルは『アップルソング』――。

ここまで決めてから書き始めたわけだが、小説というのは、作者の想像も及ばないような、摩訶不思議な力を持っているものである。

いや、これは、りんごの持っている力だったのかもしれない。

主人公が渡米するために乗船していた氷川丸の中にも、写真家として独り立ちをするきっかけとなった浅間山荘事件の中にも、一個のりんごが登場するのである。フィクションではなくて、事実として。

資料をひもときながら、りんごが出てくるたびに、私は「おおっ」と感心した。そのたびに木村さんの言葉を思い出していた。

りんごは空を見上げて咲く。

私もかくありたいと思ったし、今もそう思っている。

十代の主人公が男の子の服装をして（当時、女の子は雇ってもらえなかったので）男の子たちに交じって、ニューヨーク州北部にあるりんご園へ向かうトラックの中で、カーラジオから流れてくるのは、坂本九さんの「上を向いて歩こう」。この場面は私の創作である。この曲が「スキヤキソング」として、当時のアメリカでヒットしていたのは事実だけれど。

「上を向いて歩こう」は主人公の、私の、そして私からあなたに贈りたい人生の応援歌――「アップルソング」なのである。

ないしょ話

『アップルソング』はノンフィクションなのですか？　刊行後、そんな質問が数多く寄せられました。主人公の名前を打ち込んで、グーグルで検索なさった人も多かったようです。重要な登場人物のひとりであり、語り部でもある美和子の父親は、日航機墜落事故（一九八五年）で命を落としているのですが、ある読者の方から「小手鞠さんも、お父様をあの事故で亡くされていたのですね。私もです」というお手紙をいただいたこともありました。

それぞれの冬支度

裏を見せ表を見せて散るもみじ

江戸時代後期の禅僧であり、歌人でもあった良寛の、辞世の句だと言われている。色づいた木の葉が風にあおられて、くるくる回りながら落ちていく様が浮かんでくる。一枚の葉っぱに表と裏があるように、人の心にも善と悪が潜んでいて、人生には常に浮き沈みがあり、けれども最後は誰もが等しく散っていく。そんな人の命と人の世の儚さを詠んだ句なのだろう。

広葉樹はすっかり葉を落として裸木となり、山々に残っている緑は針葉樹の葉だけになっている十一月の半ば。頬に当たる風はぴりりと冷たく、朝夕の冷え込みはぐんときつくなり、ついこのあいだまで聞こえていた虫たちの声はもうどこにもない。聞こえてくるのは冬の足音と木枯らしばかり。めくるめく紅葉の季節のあとにやってくる寒々しい景色に包まれていると、いやが上にも無常観をかき立てられる。

ああ私って、日本人だなぁと思う。

しかし、ここはアメリカ。

アメリカでは、無常観などどこ吹く風。まるで、祭りのあとの淋しさ（ここで吉田拓郎の歌を思い出された方は、私と同世代ですね）を埋めようとするかのように、町にも村にも畑にも丘にも、オレンジ色のかぼちゃがあふれ返っている。

つやつやとして血色のいいかぼちゃ。

いかにも楽観主義者、と表したくなるかぼちゃ。

パンプキン、パンプキン、パンプキンの大行進である。

ハロウィンで大活躍するこのオレンジ色のかぼちゃは、そのあとにやってくる感謝祭でもクリスマスでも活躍する。私もこの季節になると、パンプキンパイやかぼちゃのスープをつくる。

目にもあざやかなオレンジ色のかぼちゃは、食材としてだけではなくて、家の内外の置き物としても重宝されている。玄関前にそのままどかんと飾ったり、うらなりのかぼちゃを集めて食卓に飾ったりする人もいる。

オレンジ色のかぼちゃは英語では pumpkin というが、おもしろいことに、日本でよく見かける深緑色のかぼちゃは、英語では kabocha と呼ばれている。日本語がそのまま英単語になっている。私はかぼちゃの煮物をつくるために、カボチャを買うのである。

オレンジ色のかぼちゃを合図にして、森では冬支度が始まる。

鹿たちの毛は、あたたかみのある茶色から保護色の枯葉色に変わり、熊たちは冬眠のための岩場へと向かい、渡りをしないでここで越冬する小鳥たちは、群れをつくって行動するようになる。

「ジョーくん、ジョーくん」

何日かぶりにすっきり晴れ上がったある秋の昼下がり、一階にある勝手口のドアの外で、夫が誰かに呼びかけている声がする。

とろけそうな甘い声だ。妻には到底かけないような。

「ジョーくん、出ておいでよ」

雨の日には決して出てこないが、晴れた日には必ず出てくる。

朝や夜には出てこないが、午後の光が射している時間帯には必ず出てくる。

「おお、ジョーくん、来たか、来たか、よく来たね」

ジョーくんは、しまりすである。

英語ではチップモンク（chipmunk）という。

片方の手のひらに収まるくらいの大きさしかない。すいかの種みたいな黒い目。背中には焦げ茶色とクリーム色の縞(しま)模様。耳のうしろには白い毛。薄茶色のしっぽ。とても可愛い。愛くるしい。すばしこい。

ピーナッツ、くるみ、アーモンド、カシューナッツ、ピスタチオ。ナッツ類はなんでも食べる。どんぐりはもちろんのこと、桃の種、あんずの種、さくらんぼの種、洋梨の種、みかんの種なども好きだ。ぶどうも食べる。実や種のほかにも、小鳥の卵や蜂の巣なども食べる。雑食のようである。

「さあ、どうぞ。召し上がれ」

ジョーくんは、夫の手から殻付きのピーナッツをもらうと、前足で器用に摑んで忙(せわ)しなく回しながら殻をカリカリ噛み砕き、中身だけをつるりと食べる。

いや、食べるのではなくて、まずはほっぺたに入れ込む。

両方のほっぺたが落ちそうなくらい膨らむまで、入れつづける。

それから、すたこらさっさと草むらに駆け込む。目にも留まらない速さで。おそらくその先にある穴蔵、いわゆる貯蔵庫のようなところまで運んでから、くわえ込んだピーナッツを吐き出しているものと思われる。あとでゆっくり食べているのか、あるいは、冬に備えて貯め込んでいるのか。おそらくその両方だろう。

しまりすは地下で生活している。横に長く築いた穴は、全長三メートルくらいもあるそうだ。穴から出てくるのは、晴れた日だけ。十二月から五月までは地下にこもる。

事の始まりは、私が投げ捨てた桃の種だった。

我が家の台所には、生ごみを細かく砕いて液状にし、土に還す装置をつけているのだけれど、たとえば桃やアボカドやマンゴーやオリーブなどの、硬すぎる種はこの装置に入れてはいけない。だから私はいつも、勝手口から裏庭に向かって放り投げていた。

ある日あるとき、「おやっ？」と思った。

勝手口の階段の下に、ふたつにぱかっと割れて、中身だけがなくなっている桃の種が、ぽつ、ぽつ、ぽつ、ぽつ、と、きれいに並べられているではないか。まるで「ありがとう、桃の種。ぼく、ちゃんともらったからね」と、お礼の言葉を述べているかのように。

いったい誰がこんなことを？

謎はすぐに解明した。

数日後のある晴れた日の午後、桃の種を投げ捨てた直後に、草むらから「待ってましたー」と言わんばかりに、ジョーくんが姿を現したのである。

私が動物や植物を擬人化することをいつも嘲笑（ちょうしょう）している夫だが、実は野生の動物に甘いというか、弱いのは彼の方。なんとか友だちになりたいと切望していて、いったん仲良くなると、メロメロになる。

抱えきれないほどの大袋に入っている殻付きのピーナッツを買ってきたのも、夫である。

「チップモンクは殻は食べない。中身だけ。スクゥォロォ（squirrel）は殻ごと全部、持っていく」

スーパーのレジのおばさんは夫に、そう教えてくれたそうである。

「みんな、りすにピーナッツをあげているんだよ」

得意げに、そんなことを言う。

私は「野生の動物に餌を与えるのは、よくない。彼らはどんぐりを自力で集めて生きていくべき」と主張したのだが、彼はすでにジョーくんに心を持っていかれており、聞く耳を持っていない。

「なんでジョーくんなの？　女の子かもしれないでしょ」

「いいんだ、ジョーって名前は、男女どちらでも使えるから」

ちなみに、もう一種類のりす、スクゥォロォはしまりすよりも体が大きくて、しっぽはふさふさ、体の色は銀灰色。私は勝手に「銀色りす」と呼んでいる。

銀色りすは、木の上に棲んでいる。枝と枝の股のようなところに、小枝や葉っぱを積み上げて巣をつくり、やはり十二月から五月までは冬眠しているようだ。

同じりすでも、地下で暮らすりすと、木の上で暮らすりすがいるとは。

このほかにも、銀色りすの突然変異なのか、真っ黒なりすもときどき見かける。「クロちゃん」と私は名づけている。しまりすと銀色りすの中間くらいの大きさの赤りすも。師も走るのは人間の十二月だが、りすたちは十一月に走る。

越冬に備えて木の実を集めるために、そこら中を走り回る。

電線を伝って走る銀色りすのせいで、停電することさえある。

銀色りすはよく、人が春の開花を夢見て植え込んだチューリップやクロッカスや水仙の球根を掘り返して、自身の貯蔵用食料として別の場所に埋め替えることがある。春がやってきて、思いがけない場所で花が咲いていたら、それは銀色りすによる粋な計らいだと受け止めておこう。

さて、私たちもジョーくんにかまけてばかりいないで、そろそろ冬支度に取りかからなくてはならない。薪も割っておこう。小枝も拾っておこう。

クローゼットや引き出しの奥で眠っていた、ぶあつい手袋、ぶあつい毛糸の帽子、ぶあついマフラー、ぶあついソックス、全身を包めるダウンコートの出番である。

ないしょ話

なんと今年の五月、冬眠から目覚めたジョーくんに、ガールフレンドができておりました。名前はモモちゃんと言います。モモちゃんは、人なつこいジョーくんよりも用心深くて、気が荒くて、ときどき夫の手に噛みついたりします。「ジョーくんの爪は冷たいけれど、モモちゃんの爪はあたたかい」そうです。ジョーくんとモモちゃんのあいだに、赤ちゃんりすは生まれるのでしょうか？　そもそも、ジョーくんがおすで、モモちゃんがめす、というのは正しいのでしょうか？　しまりすの性別は、専門家でも判別できないと言われているようですが。

雪の降る町、あるいはミッドナイトブルー

生まれ育ったのは岡山。

温暖な瀬戸内海式気候に恵まれていて、年間を通して雨が少なく、晴天の日が多いから「晴れの国」と称されている。子どもの頃、雪景色を目にしたのはたぶん二、三度だったのではないかと思う。雪の降り積もった朝、雪だるまをつくり、雪合戦をし、犬といっしょに走り回った記憶がおぼろげに残っている。

学生時代から十年ほど暮らした京都。

冬になると「比叡(ひえい)おろし」と呼ばれている冷たい北風が山から滑りおりてきて、盆地に築かれた古い都をほしいままにした。風に混じって、粉雪が舞った。氷のかけらをふくんだ霙(みぞれ)のような雪も落ちてきた。反対に地面からは、這い上がってくるような底冷え。それ

でも、雪化粧をした古都は、優雅で上品だった。京都の雪は美しかった。愛でるためにあるような雪だった。

その後、移り住んだ東京。

雪はめったに降らなかったが、冬場に吹き荒れる空っ風は、比叡おろしに負けず劣らず冷たかった。雪が降ると決まって、通勤中の路上で滑って転ぶ人たちの姿がテレビ画面に映し出された。

岡山でも京都でも東京でも、雪は私にとって珍しいものであり、きれいなものであり、どこかロマンチックな存在でもあった。降ってもすぐに溶けてしまうわけだし、たとえまとまった積雪があったとしても、せいぜい二、三日後には、跡形もなく消えてしまうのだから。

渡米後、最初の四年間を過ごした学園町イサカ。

ニューヨーク州北西部にあって、ウッドストックよりも北に位置する。緯度は北海道の札幌とほぼ同じ。この町で、私は生まれて初めて、雪国生活を経験した。

雪の降る町で私は、雪に対する固定概念（珍しい、きれい、ロマンチック）を打ち砕かれることになる。何しろイサカでは十一月から五月まで、雪に閉じ込められた生活がつづく。イサカで暮らしていたとき、「ここには四季はない。夏と冬だけがある」と私は思っていたし、町の人々もそう言っていた。

この「閉じ込められる」という感覚はおそらく、雪国で生まれ育った人には、深いため息と共に理解していただけるのではないだろうか。

道路や駐車場の除雪作業は、公共機関によって常にこまめになされているから、車で外出することはできる。家の中はセントラルヒーティングで暖められているし、零下の気温であっても、全身を防寒着と防寒具で包めば、外を散歩することだってできる。ランニングだって、登山だって。

それでもやっぱりどうしても「閉じ込められている」と感じてしまう。

閉塞感によって気持ちが落ち込み、ブルーになってしまう状態を、英語ではキャビン・フィーバーという。狭い山小屋の中で、熱を出して苦しむというわけだ。

「ねえ、キャビン・フィーバーになってない？　よかったら、うちに遊びに来る？　それともいっしょに映画でも観に行く？」

イサカに住んでいた頃にはよく、友だち同士で電話をかけ合い、誘い合っていたものだった。

雪国イサカから、ウッドストックに引っ越してきて、かれこれ二十二年あまり。

この町にはかろうじて、四季がある。冬は十二月から四月まで。とはいえ、ここもまた雪国には違いない。

十二月の初めごろから粉雪がちらつき始め、最初のうちは積もったり解けたりをくり返しているが、中旬から下旬にかけて、スノウストーム（雪嵐）が到来し、一昼夜、ときにはまる二日ほど降りつづいて、「ドッカーン」と音が聞こえそうなくらいの、横綱級の積雪をもたらす。

この雪が根雪になり、翌年の四月の終わりごろまで、路肩にはぶあつい雪の土手を、家のまわりには雪の城砦（じょうさい）を築き上げ、森には雪の絨毯を敷き詰める。

さあ、籠城の開始だ。

「今夜あたり、いよいよやってきそうだな」

「うん、いかにもそういう気配がするね」

「準備だけはしておくか」

「しておこう。備えあれば憂いなし」

窓の外では暴風がゴォォォォ、ゴォォォォォと、不気味に唸りながら吹き荒れている。ヒュルルルルー、ヒュルルルルルーと、森の悲鳴のような音も混じる。樹木の枝という枝が前後左右にバサバサ揺れている。吹雪も縦横斜めに入り乱れながら、家に襲いかかってくる。なんとも気性の激しい、雪の女王様のお出ましである。

ベッドサイドには、ろうそくとマッチと懐中電灯を置く。空いている容器には、飲み水を詰める。パソコンでやるべき仕事をてきぱきと進め、送るべきメールはすべて送っておく。そそくさと夕食を済ませて、あと片づけもお風呂も早めに済ませて、ついでに洗濯機も回しておこう。そうそう、湯たんぽもこしらえておかねば。

「そろそろ来るか?」

「来るなら来い!」

来た。

午後九時過ぎ。家の中が突然、まっ暗になる。

プツン、と音がするわけではないのだけれど、まさにプツンと、はさみで糸を切られたような気分になる。世界につながっている糸を切られて、孤立するのである。

何度、経験しても、慣れることのできない停電。

我が家の場合には、停電すると水道も止まってしまう。地下の井戸から水を汲み上げている装置は電動だから。当然のことながら、暖房も切れる。ろうそくの光では読書はできない。だんだん、途中からはぐんぐん、冷えてくる家の中で、重ねた布団にくるまり、湯たんぽにすがりながら、何をするか？

夫婦で会話をするしかない。

ボストンで暮らす若いインド系アメリカ人夫妻が、停電の夜にろうそくに火を灯して、それまで相手に隠していた秘密を打ち明け合う。くすりと笑えるような秘密もあれば、心臓がドッキンとするような秘密もある。ある悲しい出来事をきっかけにして、すきま風が吹き抜けるようになっていたふたりの関係は、この停電の夜の語らいをきっかけにして、微妙に変化していく。

タイトルは『停電の夜に』――。

ラストはハッピーエンドなのか、そうではないのか、作者のジュンパ・ラヒリは「読者にゆだねる」という書き方をしている。私は前者だと受け止めた。胸が張り裂けそうな、切ないラストではあるけれど、暗闇の中で夫婦の流す涙の余韻に浸っていると、心にぽっと明かりが灯る。

しかしながら、現実は厳しい。明かりは簡単には灯らない。

私はつい、いらいらしてしまう。

「あーあ、いやだいやだ。あしたの朝、起きても復旧してなかったら、どうしよう」

「いらいらしたって、点かないものは点かないんだから。落ち着きなよ」

「こんなときに、落ち着いてなんかいられるもんですか！　だいたいあなたはね……」

まるで、停電は夫の責任であるかのように思えてくる。

何度か長時間の停電を経験してみて、わかったことがある。

私は物事や環境の変化に弱いが、夫は強い。むしろ変化をおもしろがれる精神の持ち主だ。停電した直後には、私はひどく不安になり気落ちし、ネガティブになる。夫はいたって能天気だ。あきらめが早い。「そのうち点くさ」と、ポジティブシンキング。

ところが、停電が長引いてくると、今度は私の方が強くなる。忍耐力、持久力、適応力に関しては、私の方が夫より優っている。電気なし、水なし、風呂なし、トイレも流せないから外で、という生活に、夫は次第にへたばってくる。

「がんばりなさいよ。あともうちょっとの辛抱だから。ね、そのうちきっと点くよ」

今度は私が夫を励ます番である。

停電中には、外出するに限る。

家から出ていけば、停電していてもしていなくても関係ない。しかし悲しいかな、雪嵐中に停電が起きると、除雪がなされていないから、車は動かせない。冬場の停電、特に夜の停電は、みじめでつらい。

あまりにもつらいので、十年ほど前に、私たちは家に自家発電装置を付けた。

液状プロパンで電気を作り出す機械である。音は多少うるさいけれど、停電しても普通に生活できる。使えないのはインターネットだけ。

「これでもう怖いものなしだね」

本当に怖いものなしになった。

けれども私は今でもときどき、なつかしく思い出すことがある。

停電中の真夜中、窓の外に広がる雪原が一面、ブルーに染まっていたことを。

濃紺の雪原に、空から、月の光が斜めにすーっと伸びていた。まるで銀色の梯子のように見えた。伝って登れば、月まで行けそうだった。

雪の子守唄、あるいはホワイトディアー物語

暖炉の薪は二度、人をあたためる。

『ウォールデン　森の生活』の中に出てくる、ヘンリー・デイヴィッド・ソローの言葉である。

薪を割っているときと、火に当たっているとき。

読書と旅も同じだなと思う。本を読む前や旅に出る前には、期待で胸が高鳴るし、読んでいるとき、旅しているときにはもちろん、無我夢中になれる。

ここまで書いて、ふと気づく。

薪も読書も旅も三度、人をあたためてくれるのではないか。

三度めは、その余韻によって。暖炉なら余熱によって、読書と旅は記憶によって、思い

出によって、思い出すことによって、私たちはあたたかくなれる。

あたたかい暖炉の前で、好きな作家の書いた本を心ゆくまで読む。これは真冬の極上の楽しみであり、至福のひとときである。

窓の外は雪。どこもかしこも雪。地上にも森にも空にも雪。

家の中には木の香り、煙の香り、炎の香りが漂っている。ときどきパチパチと、火花の弾ける音がする。

暖炉の前で読書をする。音楽を聴く。食事をする。お酒を飲む。何をしてもなぜだか、特別感がある。ごはんもお酒もいつもより美味しく感じられる。火に当たりながら何かをする、という行為には、どこか原始的な喜びがあるような気がしてならない。

実のところ、暖炉は停電には歯が立たない。暖炉で家中をあたためることはできない。せいぜいひと部屋が関の山。それに、ひと晩中、火を燃やすわけにはいかない。薪がいくらあっても足りないし、燃やすためには、煙突のてっぺんの蓋をあけておかなくてはならないから、火が弱まってくると、そこから冷たい風が吹き込んでくる。

だから、楽しみのために暖炉で火を熾(おこ)すのはたいてい、昼下がりか夕方。

仕事を早めに切り上げて、夫婦そろって暖炉の前に集合する。

「そういえば今朝ね、ランニング中に、まっ白な鹿に出会ったのよ」

「へえ、どこで？」

「コールドブルック。林の中に、最初は山羊でもいるのかと思ったら、なんと、白い鹿！　すごいでしょ」

「それはすごい。僕はまだ一度も、見たことがないよ」

私は思わず立ち止まり、息を詰めるようにして、見た。しばし見とれた。リューシスティックと呼ばれている変種。私の出会った白変種は、全身の毛は白かったけれど、顔だけは茶色だった。目は黒。この世の者とは思えない、神聖な生き物のように見えた。

「あの子はね、将来はきっと、この森の王者になるのよ。この山の守り神なのかもしれない。知ってた？　白い鹿に出会えた人間にはね、ラッキーなことが起こるの」

いつもなら、ここで何か茶々が入るはずなのだが、夫はいつになく、神妙な顔をしている。白い鹿＝ラッキー？　と顔に書いてある。

「いつか、ホワイトディアー物語を書くわ。読んでみたい？」

「……」

「しまりすのジョーくんも、脇役として出してあげてもいいわよ」

「読む読む、絶対、読む！」

暖炉の前の夫婦の会話は、いつもよりも弾むのである。


毎年のクリスマスには、朝から暖炉の前で、のんびり過ごすことにしている。

生クリーム、卵、砂糖、ナツメグ、シナモン、オールスパイス。これらを混ぜ合わせたものに、ウィスキーを加えてつくったというクリスマスの定番カクテル、エッグノッグのグラスを片手に、夫は長椅子の上に寝そべっている。

私はオーブンで、自家製のピザを焼いているところ。

焼き上がる前に、まずは乾杯する。エッグノッグは私には甘すぎるので、ジントニックで。グラスを合わせて、

「メリークリスマス！」

とは言わない。最近のアメリカでは、

「ハッピーホリデイズ！」

と言う。

道で誰かとすれ違ったときの挨拶も、このフレーズが主流になっている。キリスト教以外の宗教を信仰している人たちに対して、敬意を払おうという意図から。

乾杯のあと、クリスマスプレゼントの交換は、特にしない。プレゼントなどなくても、いっしょにいるだけで幸せだと思えるほど、ふたりの年月を重ねてきたのである。

窓の外には相変わらず、雪が積もっている。珍しくもなんともない、ホワイトクリスマス。空はまっ青に晴れ上がって、ブルーと白のコントラストが目にもあざやかだ。

雪原には点々と、鹿たちの足跡が付いている。みんな、うまく枯れ草を見つけることができただろうか。あの白い鹿は、雪原が保護色になって、ハンターの目から逃れやすくなっているはずだ。

みんな、撃たれないでね。祈るように、そう思う。絶対に撃たれないで。人間たちにはほかに、食べる物がいっぱいあるんだから。

暖炉の前で火に当たりながら、冬眠中の動物たちのことを思う。

ビーバーたちは凍りついた湖の中にしつらえた穴蔵で、暖かく過ごしているだろうか？　りすたちは？　やまあらしは？　ミンクは？　ウッドチャックは？　黒熊は？

夕暮れ時になって、ふたたび雪が降り始めた。

群青色の空から音もなく、はらはらと舞い落ちてくる、フラリーという名のにわか雪。雪は雨と違って、とても静かに降る。雪の降りしきる夜は、本当に静かだ。まるで世界中の音を吸収しているかのように、雪は降る。

けれども、音もなく、というのは、正しくない。

耳を澄ますと、かすかに聞こえてくる音がある。森全体を包み込むような優しい雪の子守唄。動物たちはそれぞれのねぐらで聞いているのだろうか。雪におおわれた森の奥で、冬のあいだ中、どんな夢を見ているのだろう。

私の敬愛する写真家であり、作家である、星野道夫さんは書いている。

きびしい冬の中に、ある者は美しさを見る。暗さではなく、光を見ようとする。キーンと張りつめた厳寒の雪の世界、月光に照らしだされた夜、天空を舞うオーロラ……そして何よりも、苛酷な季節が内包する、かすかな春への気配である。それは希望といってもよいだろう。だからこそ、人はまた冬を越してしまうのかもしれない。

きっと、同じ春が、すべての者に同じよろこびを与えることはないのだろう。なぜなら、よろこびの大きさとは、それぞれが越した冬にかかっているからだ。冬をしっかり越さないかぎり、春をしっかり感じることはできないからだ。それは、幸福と不幸のあり方にどこか似ている。

『星野道夫著作集4』（新潮社）より

確かに、五ヶ月にも及ぶ長く厳しい冬を耐え抜いたあとにやってくる、春夏秋の美しさ、素晴らしさ、楽しさときたら、これはもう筆舌に尽くしがたい。輝く春、きらめく夏、歓喜の秋なのである。

その前に、あしたの朝、起きたらいちばんにやるべきことは、雪かきだ。

玄関前には、除雪のためのシャベルを常設している。車寄せの道の除雪は専門業者に任せているのだが、玄関前とガレージの前は、手作業でしかできない。これは夫婦でかわりばんこにやる。

あしたは、私の番だ。

起き抜けに、軍手、長靴、フード付きのロングのダウンコートで外へ出る。

降ったばかりの雪はさらさらで水分が少なく、まるで小麦粉か片栗粉を掬っているかのように軽い。軽いうちに、さっさと済ませておくのが重要なのだ。まとめてやろうなんて、思ってはいけない。放っておけばおくほど、雪は凍りついて、岩のように固くなる。労力は二倍も三倍もかかる。

長年やっているうちに、雪かきのこつもすっかり習得できている。サクサクと雪の土手を崩して、シャベルで掬っては、放り投げる。掬い投げだ。腰の入れ方も、腕の動かし方も、我ながら堂に入ったものである。早く済ませようと思わないことが肝要だ。急げば急ぐほど、時間がかかる（ような気がする）。ゆっくりじっくりやれば案外、早く終えられる（ような気がする）。

長い冬はまだ、始まったばかりだ。

この冬をしっかり味わっておけば、春の喜びもしっかりと味わえる。夫婦喧嘩だって、しっかりやっておけば、夫婦の絆はさらに強くなる（ような気がする）。

ないしょ話

かつてうちに猫がいてくれたとき、夫婦喧嘩の仲裁役は、彼が一手に引き受けてくれていました。喧嘩をしていると、あいだに割って入ってきて「にゃあ」とひと声。これで喧嘩はジ・エンドになっていたものです。猫に死なれたあと、仲裁役を失った私たちですが、亡くなった猫のことを思うと「喧嘩なんかしちゃいけない」「こんなことをしていたら、プーちゃんが悲しむ」「我々が別れたら、思い出が半分に減る」などと思うようになって、かえって喧嘩の回数は減った――ような気がします。

白い世界の「色」

きょうも白、きのうもおとといも白、あしたもあさっても、白だろう。

朝から晩まで白、寝ても覚めても白。

雪景色は、文句なく美しい。

白い世界だ。白昼夢。清潔な白いシーツ。純白のウェディングドレス。何も書かれていないまっ白なページ。白い雲、白い波、白い砂、白鳥、白百合、白薔薇、白菊。白は美しい。けれども悲しいかな、美味しい料理を毎日、朝から晩まで食べつづけていたら、誰だって食傷気味になってくる。

あーあ、きょうもまた雪か。

美しい白銀の世界か。

無性に「色」が恋しくなる。

赤、黄色、オレンジ色、紫、青、水色、紺色、ピンク、朱色、だいだい色、クリーム色。とにかく、華やかな色のついたものを見たり、まわりに置いたりしたくなる。

普段は絶対に買わない、ひと束二十九ドル九十九セントの薔薇の花束を、スーパーマーケットで思わず買い求めてしまうのもこの季節である。

季節外れのせいか、つぼみのまま枯れてしまった薔薇を見つめながら、夫婦で旅の計画を立てる。

「さて、今年はどこへ行こうか」

「あったかいところがいいね。色とりどりの花がぱあっと咲いているところ。色とりどりのフルーツがたわわに実っていて、椰子(やし)の木が生えていて、あざやかな羽の小鳥が飛んでいて、裸足で砂浜を散歩して、途中で波打ち際にあるバーに立ち寄って、潮風に吹かれながら、きれいな色のカクテルを飲んで、それから海に沈んでいくまっ赤な夕日を眺めて……」

そんなわけで、私たちはひと頃、ほぼ毎年のように、冬には中南米へ旅していた。

メキシコ、コスタリカ、ニカラグア、グアテマラ、ドミニカ国、ペルーなど。

有り難いことに、ニューヨークから中南米へは短時間のフライトで行けるし、真冬に行けば、向こうは夏である。こんなお得な旅行はない。

旅行鞄に水着と半袖のTシャツを詰め込んで、いざ出発。

青い海、うっそうと茂る熱帯雨林、色とりどりの熱帯植物、原色の花々、珍しいフルーツ、珍しい生物、珍しい小鳥。夜は波とヤモリの子守唄を聴きながら眠り、朝は吠え猿と野鳥の声に起こされる。

さあ、裸足で砂浜を歩いて、朝ごはんを食べに出かけよう。

パパイヤ、パイナップル、マンゴー、ウォーターメロン、パッションフルーツ、ドラゴンフルーツ、スターフルーツ、グアバ、サワーソップ。色も形もとりどりの、フルーツ三昧の朝食。

「あーあ、まだもどりたくないな」

「春までここにいたいね」

「いや、いっそ一生、ここで暮らしたい」

冬と雪の世界へ逆もどりする飛行機を待ちながら、空港で未練がましくそうつぶやくのが常だった。


あれは、いつの年だったか。

かれこれ十数年くらい前のことだったと思う。

国の名前はもちろん覚えているけれど、偏見を抱いていただきたくないので、あえて書かない。中南米のある国で起こった出来事である。

旅も終わりに近づいたその日、私たちはおんぼろバスに揺られて、ナマケモノの保護施設を訪ねようとしていた。ふたりとも大の動物好きなので、前々から楽しみにしていた遠足だった。滞在していた海辺の村から、施設のある村までは、バスで一時間ほど。

施設が遠目に見えてきたとき、突然、バスが急ブレーキをかけて停止した。

何ごとかと思っていると、

「申し訳ないが、全員ここで降りて、当局の検査を受けてから、乗り直してくれ」

というようなことを、運転手は言った。スペイン語で告げられた指示を、近くにいた英語のできる人が私たちに教えてくれたのだった。

その人の話によると、これはしょっちゅうあることで、密入国、密輸出入、麻薬売買、拳銃の不法所持などの摘発のための検査ということだった。

ならば、私たちにはなんの関係もない。どうせすぐにもどってこられるさ。高をくくってバスを降り、長い行列に並んだ。

ところがどっこい、そうは問屋が卸さなかった。

私たちの顔をじろりと見てから、検査官は言った。

「パスポルテ」

私の耳には、そんな風に聞こえた。

パスポートを出さなきゃ、と、思うと同時に、耳の付け根のあたりがかぁっと熱くなった。バッグの中から自分のパスポートを出しながら、私は隣に立っている夫の方をうかがった。案の定、夫の顔は青ざめている。それはそうだろう。彼のパスポートと免許証は、貸別荘のセイフティボックスの中に入ったままなのである。

私はかねてからセイフティボックスというものを信頼していないので、旅行先では身分証明書を常に携帯するようにしている。が、夫は「ガイドブックには、セイフティボックスに入れておけと書いてある。持参するのは危険だ。盗まれたら帰国できなくなる」と主張し、私にもそうするようにすすめたが、私は従わず、持参していたわけである。

ほら、だから言ったでしょ。私の方が正しかったでしょ。

と、鬼の首を取っている場合ではない。

私たちの目の前で、なんらかの嫌疑をかけられたと思しき人が、少し離れたところにある山小屋みたいな掘っ建て小屋に向かって、引っ立てられていく。両脇を固めているのは、軍服姿の警官たち。彼らはひとり残らずライフル銃を持っている。

「よし、あんたはバスにもどってよろしい」

検査官は、私のパスポートを入念にチェックしたあと、笑顔でそう言った。まわりに立っていた人たちに「ハポネ、ハポネ」とささやいていたような気もした。まわりの人たちも私の顔を見て、みんな笑顔になった。「日本って、いい国だよね」と言われたような気もした。それから、ふたたび険しい目つきになって、検査官は夫を見上げた。

「パスポルテ」

夫はなめらかな英語で「パスポートは持参していません。貸し別荘のセイフティボックスに収めてあります」と説明した。

だが、検査官には夫のアメリカ人英語が通じない。

「パスポルテ」

何度、説明しても冷たく「パスポルテ」である。埒があかない。

たまりかねたのか、別の検査官が言った。

「パスポルテ、コピア」

そうか、コピーでもいいから出せ、と言っているのだなとわかった。しかし、夫はコピーも持っていない。

パスポート不携帯というのは、もしかしたらこの国では、犯罪扱いになるのだろうか。夫は背中から銃を突きつけられて、あの山小屋みたいな建物に連れていかれるのか。もしもそうなったら、どうなるのだろう。もしもアメリカに帰国できなくなったら。

頭の中がまっ白になった。

気がついたら私は、検査官の前に進み出ていた。

そして、しゃべり始めていた。

「この人は、私の夫なのです。彼はアメリカ人です。私たちは結婚していて、私は彼の妻です。だから、グリーンカードも持っています。ほら、この通り。これが私のニューヨーク州の免許証です。ここに書いてある住所は、私たちの住んでいる家なんです。私は小説家で、夫は不動産関係の会社の経営者です。私たちは決して怪しい者じゃありません。善良なアメリカ人と日本人の夫婦です。あなたたちの国が大好きで、動物が大好きなので、これからナマケモノの保護施設へ行くところなんです。夫は身分証明書類をすべて貸し別荘のセイフティボックスに入れています。コピーは持っていません。そのことについては、彼の過ちです。心から謝ります。あ、そうだ、今、滞在中の別荘の持ち主は、地元の人です。これがその人の電話番号です。よかったら電話なさってみて下さい」

拙い英語で、一方的に、私はまくし立てた。

相手が何かを言い返してきても、その言葉の意味はわからないわけだから、私はただ話すしかない。

中学、高校、大学で英語を勉強してきたのは、きょう、この日、このときのためだったに違いない。それくらい必死でしゃべった。どこにこんな英語力と、こんな度胸があったのか、自分でも自分に驚きながら。

検査官に、私のしゃべった英語の意味が、すべてわかってもらえていたかどうか、それはわからない。けれどもおそらく、夫を思う妻の懸命な気持ちだけは、伝わったのではないだろうか。

「わかった。以後、気をつけてくれ」

こうして、夫のパスポート不携帯は不問に付され、バスにもどることが許された。私たちはナマケモノにも会うことができ、雪の世界へも無事、生還することができた。


きょうもまた、雪が降っている。

白い世界に、灰色の空から、白い雪が落ちてくる。

このごろの私たちには、白い世界に存在する、さまざまな色が見えている。

雪の帽子をかぶっている西洋柊(ひいらぎ)の赤い実。雪原を元気に飛び回る赤い羽のカーディナル。枝という枝の先にくっついている新芽の赤いつぶつぶ。茶色のかりんとうみたいな樹氷。

早朝のダイヤモンドダスト。夕暮れ時のブルーの雪原。

雪は白一色ではない。一色に見えるのは、心の目が曇っているせいなのだ。

中米で目にしたあざやかな色を思い出しながら、私は話しかける。

「ねえ、こうして見ると、雪の白っていいものだね」

「そうだね」

「帰ってこられてよかったね」

「そうだね」

「向こうで刑務所に入れられなくてよかったね」

「そうだね」

「あのとき、誰のおかげで助かったか、わかっているの？」

「そうだね」

夫は雪景色を見ながら、何か別のことを考えているようである。あそこで捕まっていたら、その後の人生はさぞカラフルになっていただろう、とでも思っているのか。

同じ世界を見ていても、人はそれぞれに違った世界を見ているのかもしれない。あるいは、人の見ている風景とは、その人の心模様の反映であるということなのか。

ないしょ話

それから数年後、懲りない夫は中米のある国で「免許証不携帯事件」を起こしました。これはレンタカー会社の係員の過失でもあったのですが、車を借りるとき「わが国では、免許証は特に携帯しなくてもかまいません」と言われたので、大は免許証をセイフティボックスに収めたままで運転中、警察官の検問を受けました。もちろん私はちゃんと携帯していました。運転手の夫に代わって、私が自分の免許証とパスポートを差し出すと、警察官は「あなたはいい。われわれは運転者の免許証を見たいんだ」と言いました。当たり前です。私はどうしたか？　とっさに財布の中から二十ドル札を取り出して、手渡していました。ガイドブックに、そのようなことが書かれていたのを思い出したのです。賄賂です。受け取った警察官は、満面に笑みをたたえて言いました。「行ってよろしい。運転に気をつけて」。みなさん、くれぐれも中南米では、免許証、パスポート、現金、すべてを携帯してください。

ちなみに、国は違いますが『ミッドナイト・エクスプレス』という映画をご覧になったことがありますか？　観たことのある方は、パスポート検査の現場で、私の頭の中がなぜまっ白になっていたのか、わかっていただけることでしょう。

蛇足をもうひとつ。この場面は、のちに書いた『美しい心臓』にも出てきます。小説の中では、主人公は妻子ある男と旅をしていて「彼がここで捕まって、一生、刑務所から出られなくなればいいのに」と夢想します。つまり、男を奥さんのもとへ、もどらせないために。

こっちの方が怖いでしょうか?

どんぐりを握りしめて

上半身には、アンダーシャツ二枚と、毛布みたいな生地でできているトレーナー一枚、首にはマフラーをぐるぐる巻きにして、その上から、防水加工のしてあるウィンドブレーカー（フード付き）を着込む。下半身には、五本指のソックスの上からパンティストッキングとタイツとレギンスを穿いて、膝から下にダウン製のレッグウォーマーを装着する。足もとにもう一足、ぶあつい靴下を。頭には耳まで隠れる毛糸の帽子を二枚、手には手袋を二枚。さあ、これで、靴を履いて、顔の三分の一ほどが隠れるサングラスをかけ、毛糸の帽子の上からフードをかぶれば、装備は完了。

着ぶくれした雪だるまのような格好になって、いったいどこへ出かけるのか？

「行ってきます」

「行ってらっしゃい。気をつけて」

時は一月の半ば過ぎ。大寒と夫の誕生日（一月二十一日）が近い。気温はこのところ、毎日のように零度から一桁台をさまよっている。アメリカでは華氏が採用されているので、これを摂氏に換算すると、マイナス十二度から十七度。外へ出ると、吸う息も吐く息もすぐさま凍って、鼻と口のまわりがシャリシャリしてくる、と書けば、どれくらい寒いか、わかっていただけるだろうか。

それでも私は走りに行く。

酷寒にも負けず、零下の気温をものともせず、雨の日も風の日も、もちろん雪の日も重装備で、軽快に走る。

週に五日（残りの二日は長い散歩または山登り）。時間にして、一時間ほど。時間帯は、午後一番のことが多い。夏の午後は暑くて蒸すので、夏場だけは午前中に走る。

冬場は当然のことながら、積雪や凍結によって、道路の状態が悪くなる。しかし、悪天候など、どこ吹く風。走り始めると、雨も風も雪もみぞれもあられも気にならなくなるから不思議だ。

コースは「ここからここまで」と、自分で決めている道路が何本かあって、いずれも、スタート地点までは車で行く。仕事の忙しい日は、自宅から車でわずか一、二分だけ坂を下ったところに駐車し、森の中にのびている小道を走る。ここは未舗装の十の道なので、豪雨や積雪や凍結に見舞われると、走りにくくなる。それでも、締め切りが迫っていれば、雪にも負けず、氷にも負けず。ほかには、湖の畔を走るコースや、近所のカントリーロードを走るコース。これらはアスファルトで舗装されているので、悪天候の日でも走れる。

「行ってきます」

「え、行くの？　こんな日に？」

「うん、行ってくる」

走ることが、自分に課した義務から習慣になり、いい意味での癖になり、苦行から楽しみに変わり、走っているだけで喜びを感じるようになり、今では、何があっても走らないではいられない、体がランニングを求めている、ランニングが切れたら禁断症状に陥る、つまり、非常にいい意味でのランニング中毒になっている。着替えの手間を省くために、朝、起きたときから、ランニング用の上下を着て原稿を書いている（今も）。

少し風邪気味かなと思っていても、一時間ほど走り終えたあとには、すっきり治っていたりする。心配ごと、悩みごと、嫌なこと、気になっていること、未解決の問題、心に何かもやもやすることがあるとき、私の場合、ランニングほど効く薬は、ほかにはない。走り終えたあと、心には雲ひとつない青空が広がっている。

こうなるまでにはしかし、長い年月がかかった。

ランニングを始めたのは、ちょうどウッドストックに引っ越してきた年だったから、今から二十年あまり前のことである。

渡米後、車社会で暮らすようになり、運動不足がたたって、あっというまに肥満状態になってしまった。これは、意識してなんらかの運動をしなくては大変なことになる、と思い至ったものの、何しろそれまでの三十六年間の人生の中で、運動らしい運動など、一度もしたことがない。スポーツは大の苦手で、どんなスポーツにも興味がない。

そんな私がまず始めた運動は、散歩だった。これなら、気軽に手軽にできるだろうと思った。ウッドストックの前に住んでいた学園町イサカで、家のまわりをうろうろ歩き回る

ことから始めた。

「走ってみたら？　楽しいよ。散歩より運動効果もあるし」

ランニングがすでに習慣となっていた夫から、何度かすすめられたが、そのたびに「できない」と言いつづけていた。

事実、できなかった。ちょっと走っただけで、息は切れるし、苦しいし。

それでも走ってみようかなと思うようになったのは、その頃、書く仕事がなかなか軌道に乗らず、「このままではいけない」と焦りながら、鬱々とした毎日を送っていたから。運動をしなくては、体を鍛えなくては、というよりもむしろ、この弱い精神をなんとかしたい、という思いが強かった。

「まず、家の敷地内を走ることから始めてみれば？　それから外へ出ていけばいい」

夫のアドバイスに従って、敷地の入り口からガレージまでつづいている車寄せの道（英語ではドライブウェイと呼ばれている）を走ってみることにした。

うちのドライブウェイの距離は片道、約一六〇メートル。これはおよそ〇・一マイルに相当する。つまり、ドライブウェイを五往復すれば、一マイル（約一・六キロ）を完走したことになる。

ガレージの前から走り始めて、郵便ポストのある表通りの手前で引き返す。最初のうちは、片道を走り終えて折り返すたびに「1、2、3……」と数をかぞえていた。が、5を超えたあたりから、息が苦しくなり、頭の中で数字が混乱し始める。

あれ？　さっきのは6だったっけ？　7だったっけ？

たとえ一マイル以下であっても、先週は何マイルまで、今週は何マイルまで、走れるようになったかをきちんと把握しておきたい。走れる距離がのびていることが、大きな励みになるから。

そのために私は、ある画期的な方法を思いついた。名づけて「どんぐり走法」。

三個ずつから始めた、という記憶がある。

走り始める前に、どんぐりを右手に三個、左手に三個、合計六個、握りしめておく。どんぐりはそのへんに無尽蔵に落ちているから、ただそれを拾えばいい。

握りしめて、走り始める。片道を走り終えたとき一個、どんぐりを森にぽーんと放り投げる。折り返すたびに一個ずつ、放り投げる。どんぐりは着実に減っていく。そして、両方の手のひらが空になったときには、〇・六マイルが走れているというわけだ。

このようにすれば、頭の中で数を確認しなくていいので、走ることに集中できる。

毎月、握りしめて放り投げるどんぐりの数を増やしていった。走れる距離は次第にのびていき、ついにどんぐり十個、一マイルが完走できるようになった。

ここまで到達するのに、どれくらいかかっただろうか。おそらく、半年はかかったと思う。

半年後、夫の予言していた通りのことが起こった。

私は敷地内から外へ出て、無限にのびる一般道路を走ってみたくなった。まるで巣から飛び立った小鳥のように。

全身で風を切って走った。気分は、離陸した飛行機である。折り返すのは一回だけ。もうどんぐりは握っていない。

それからは、一マイルを二マイルに、二マイルを三マイルに、少しずつ少しずつ、距離をのばしていった。最初に車で走って、車内の計器で距離を確認しておき、ある目標地点から目標地点までを走るようにした。

ランニングが「楽しい！」と思えるようになったのは、どんぐり走法から数年後、四マイル以上、キロに換算すると七キロくらい走れるようになった頃からだった。楽しいと思うと同時に、心が強くなっている、ということも実感できた。くよくよしたり、うじうじしたり、そういうことが大の得意だった私が、いつのまにか、細かいことけあんまり気にしないようになっていた。

どんぐりには、感謝あるのみである。

忘れもしない、あれは二〇〇一年、九月十一日のことだった。

空はまっ青に晴れていた。湿気はゼロ。さわやかな風がそよいでいる。まさにパーフェクトなランニング日和である。

いつものように朝、二階の仕事部屋で小説を書いていると、一階から、夫が上がってきた。午前中は、互いの仕事の邪魔をしない、という取り決めがあるのに、どうしたんだろう。訝しく思っていると、

「いっしょにテレビを見よう」

と言うではないか。

テレビは当時、私の仕事部屋に置かれていた。

「朝っぱらからテレビ?」

眉をひそめている私に、ぽつりとひとこと。

「マンハッタンで大変なことが起こっている」

テレビを点けたとたん、私たちの目に飛び込んできた映像は、白煙を巻き上げながら崩れ落ちていく世界貿易センタービルだった。

「走りに行ってくるわ」

ニュースの途中で私は立ち上がり、ランニングに出かけた。気持ちを落ち着けるために、走らずにはいられなかった。

走り始めて五分くらいが経ったとき、一台の車がうしろから近づいてきて、私の真横で停まった。運転者はするすると窓をあけると、私に向かって言った。

「ねえ、きみ。のんきに走っている場合じゃないぞ。すぐに家に帰って、ラジオかテレビを点けてみろ。世界がどうなっているか、きみは知らないのか」

ランニング中、そんなふうに知らない人から声をかけられたのは、あとにも先にも、あの日だけである。

I Shall Be Released

〈世界でいちばん小さくて、世界でいちばん有名な町〉

ウッドストックの町の観光案内パンフレットには、そんなキャッチフレーズが掲げられている。世界でいちばん、かどうかはわからないけれど、確かに有名だし、確かに小さい。町というよりも村、もしくは里というべきか。

「グリーン」と呼ばれている広場（ここがバス停にもなっている）を中心にして、すみからすみまでゆっくり歩いても、せいぜい二十分ほどしかかからない。

通りに沿って、レストラン、カフェなどが数軒、パン屋さんと本屋さんが一軒ずつ。そのほか、アートギャラリー、帽子屋さん、靴屋さん、蠟燭(ろうそく)屋さん、Tシャツ屋さん、健康食品店、刺青(いれずみ)屋さん、カップケーキ屋さん、各種ギフトショップなどがちまちまと並んでいる。お店はすべて一軒家。町の美観を守るために「いかなるビルも建てさせない」「ファストフード店はお断り」「看板は規定のサイズ以下」という厳しい決まりがあるからだ。自称アーティストがたくさん暮らしている。週末になると、主にマンハッタンからの観光客で、町は大層にぎわっている。

日本人の知人に「ウッドストックに住んでいます」と私が話すと、返ってくる答えはたいてい「えっ！　ウッドストックって、あの、ウッドストック？」である。「あの」の意味は「伝説のロックコンサートの」あるいは「ロックの聖地の」。五十代以上の人は「なつかしいなぁ」と遠い目になっているし、若い人はあこがれのあまりか、瞳をキラキラさせている。

ウッドストックは、本当にロックの聖地なのか？
私の答えは、イエスでもないし、ノーでもない。
なぜ、こういう答えになるのか。
長くなるけれど、順番に書いてみよう。

伝説のロックコンサートが開催されたのは、今からさかのぼること五十年前、一九六九年の八月だった。正式名称は、ウッドストック・ミュージック・アンド・アート・フェスティバル。

主催者は当初、一万人から二万人程度の集客を予想していたが、ふたをあけてみると、なんと全米から四十万人もの人々が押し寄せてきたという。

それもそのはず、十五日の午後から始まって、途中、大雨などにより何度か中断を余儀なくされながらも、十八日の朝までつづいたこの野外ロックフェスに登場したのは、ジョーン・バエズ、サンタナ、グレイトフル・デッド、ジャニス・ジョプリン、ザ・フー、ジェファーソン・エアプレイン、ザ・バンド、クロスビー・スティルス＆ナッシュなどなどで、トリを務めたのはジミ・ヘンドリックスという、そうそうたる顔ぶれ。

このニュースは、当時、地球の反対側で田舎の中学生をやっていた私の耳にも届いた。「アメリカで、若者たちが大集結して、何かすごいことが起こっているらしい」と。

近年、ウッドストックで暮らすようになってから観たドキュメンタリー映画『ウッドストック　愛と平和と音楽の三日間』からも、その熱気はむんむんと伝わってくる。

何しろ会場では赤ん坊まで生まれたというから驚きだ。結果的に、このコンサートは、アメリカの文化と政治を揺り動かした。若者たちのパワーは、従来の価値観や既成概念を壊そうとする運動、いわゆるカウンターカルチャーの原動力になり、出演者と聴衆たちの謳い上げた反戦運動は、アメリカ全土に、世界中に広がっていき、ついにヴェトナム戦争を終結させるに至ったのである。

ここまでが、前置き。

ここからが「ウッドストックは、果たしてロックの聖地なのか？」の答えになる。

結論から書こう。

ウッドストックという町は決して聖地ではない。

なぜなら、伝説のコンサートの開催された場所は、ウッドストックから約六十七マイル（一〇八キロ以上）も離れた、ウッドストックとは縁もゆかりもない、ベセルという村にあるヤスガー農場だったのだから。

主催者たちはもともと、ボブ・ディラン（なぜか、コンサートには出演していない）や、ザ・バンドのメンバーたちの暮らすウッドストックに、レコーディングスタジオを設立しようと目論んで、その資金集めにフェスティバルを企画したという。つまり、ウッドストックとは、コンサートの名称に過ぎず、実質上の聖地はヤスガー農場だったというわけなのである。

それにしても、名前とは、不思議な力を持っているものだと思う。

もしもコンサートの名称が「ヤスガー農場ミュージック・フェスティバル」であったなら、果たしてそこが「伝説の地」になったかどうか。

ウッドストックという名前の町で暮らしているからには、一度はヤスガー農場をこの目で見ておかねばなるまいと思って、十数年ほど前だったか、正真正銘の聖地を訪問したことがある。なるほど、ここなら、軽く四十万人の人たちが集まれるだろうと思えるような、だだっ広い農場だった。土地にはゆるやかな起伏があって、丘の下から見上げると、緑の草原が空のかなたまでつづいているように見えた。

夏草や兵(つわもの)どもが夢の跡——。

「なぁんだ、こんなところか。見事なまでに、何もないところだねえ」

「おみやげ物屋さんも売店もないんだね」

夫も私も唖然（あぜん）として、口をぽかんとあけていた。なんだか拍子抜けしてしまった。そこには、本当に何もなかった。天晴（あっぱ）れと言いたくなるような、あっけらかんとした広大無辺さである。

入り口付近にぽつんと、星条旗が立っていた。真昼の星たちが風に揺れている。見るべきものと言えば、国旗掲揚台の台座の部分に刻まれている出演者の名前だけ。

人っ子ひとりいない草原のまんなかに立ったとき、私の脳裏にふっと浮かんできたフレーズがあった。

――そこにはただ、風が吹いているだけ。

はしだのりひことシューベルツの「風」のサビである。

このエッセイを書くに当たって、かつてボブ・ディランとザ・バンドのメンバーたちがいっしょに暮らしていたという家を見に行ってきた。

六〇年代当時は大きな家だったからだろうか、ビッグ・ピンクと呼ばれている家は、ウッドストックの中心地から、車で十五分ほど走ったところにあった。現在は宿泊施設になっているらしい。

「なぁんだ、こんなところにあったのか。ここって、いつも僕がランニングしているエリアだよ」

「私道には立ち入り禁止って書いてあるけど、どうする?」

「歩いて入れば問題ないだろう。奥にはほかにも家があるようだし」

「近所の人から何か言われたら、『日本人の友人にザ・バンドの大ファンの人がいて、ぜひ見てきてほしいって頼まれたんです』って言うわ」

実はこの言い訳、嘘ではない。彼は中学時代からザ・バンドの「スルメのような味わいのある」音楽に魅了されつづけてきたという。

表通りに車を停めて、林の中に分け入るようにのびている長い私道を歩いていくと、突き当たりに、ピンクとは言えないような、くすんだベージュの外壁の家が見えてきた。決してきれいとは言えない、豪華とも言えない、貧相な家である。

あたりは鬱蒼とした森。かなたにはキャッツキルの山々がそびえている。

まさに、自然のふところに抱かれたようなこの家の中で、若かりし頃のボブ・ディランと、ザ・バンドの五人のメンバーたちが、ギターをかき鳴らし、ドラムを叩きながら、歌い、叫び、吠え、語り合っている姿を想像してみた。

「うん、なんかいい味、出してるよね、この家。あの頃の雰囲気、あるよね」

「あるある。貧しくても、夢だけはあったんだよね」

気分はたちまち、七〇年代、高校生だった私にもどっていく。

何を隠そう、この私も、おこづかいを貯めて買ったギターをかかえて歌う、フォーク少女だった。吉田拓郎、南こうせつとかぐや姫、泉谷しげる、五つの赤い風船、ザ・フォーク・クルセダーズ、北山修、加藤和彦、ジローズ、赤い鳥、加川良、岡林信康、松山千春(以上、年代は順不同。思い浮かんできた順です)。

岡山県内でも指折りの受験校として知られる高校に通っていた私は、一刻も早く、大学受験を突破して、自由になりたいと思っていた。厳しい校則からも受験戦争からも、両親からも岡山からも、劣等感からも自己嫌悪からも、何もかもから解放されたいと。

大学を卒業し、社会人になってからは、勤めていた会社から、日本社会から、女性であることから、自由になりたいと。

あれから四十年あまりが過ぎて、今、ザ・バンドとボブ・ディランの歌う「I Shall Be Released」を聴きながら、この文章を書きながら、私は思っている。

生きづらかったのは、時代のせいではない。社会のせいでもない。

息苦しかったのは、自分で自分を締めつけていたからなのだ。支配されていたのではなくて、私は私を支配しようとしていた。六十代になって私はやっと、自己支配から解放されようとしている。「ウッドストック」と名づけられた空間、大空と大地のあいだに集結した若者たちの古い歌声が、新しい風になって、私の胸に染み通っていく。

私は、私の内面で、輝き始める光を見ている。

ないしょ話

中学時代からザ・バンドを聴きつづけている「日本人の友人」とは、本書の編集者、岸本洋和さんです。岸本さんは私の後輩。同志社大学の後輩ではありません。大学を卒業したあと、新卒で採用された京都の会社を私が辞めてから二十八年後に、彼も新卒で採用されて働いていた——という不思議なご縁。まさに時空を超えた縁と言えるでしょう。しかも「岸本さんは、小手鞠さんの後輩だそうです」と私に教えてくれたのは、本書の装幀を手がけて下さったクラフト・エヴィング商會の吉田篤弘さんのご著書『あること、ないこと』（編集者は岸本さん）のサイン会に参加していた人。

つまり、そのときサイン会場には、未来の編集者と装幀者がいたということ。さらに、吉田さんの名著『フィンガーボウルの話のつづき』（今年、復刊された）を、私は十八年前の刊行時に拝読していたということ。縁とは、人と人を結んでいる見えない糸だと私は思っているのですが、ここまで来ると、やっぱり「赤い糸」と言いたくなります。だって、こんなにはっきり見えているんですもの。

そして、ザ・バンドですね。これは癖になりますよ。騙されたと思って、聴いてみてください。確かにスルメです。噛めば噛むほど、I Shall Be Released なのです。

Take It Easy

毎年恒例の避寒旅行として、アリゾナ州とユタ州を車で旅したのは、二年前の三月だった。そう、三月の初めである。三月のウッドストックはまだ、真冬だから。

灰色の雲に覆われた酷寒のニューアーク空港を飛び立った飛行機が、およそ六時間後に着陸したフェニックス空港は、抜けるような青空に、ご機嫌なお日さまがキラキラ。

「うわー、見て見て、サボテンだよ、サボテン。ほら、あそこに、ブーゲンビリアが咲いてる！」

空港の敷地内に並木として植えられているサボテンを目にした瞬間から、気分はすっかり夏。ぶあついコートと冬服を脱ぎ捨てて、半袖のTシャツとジーンズ姿に変身する。

アリゾナ州はアメリカの南西部にあって、カリフォルニア州、ネバダ州、ユタ州、コロラド州、ニューメキシコ州、そして、メキシコに囲まれている。

二〇一五年の二月から三月にかけて、日系移民百年の歴史を描いた長編小説――『星ちりばめたる旗』を書くための取材旅行としてニューメキシコ州を訪ねて以来、アメリカ南西部に広がる沙漠地帯と、コロラド高原と呼ばれている赤十と奇岩の土地に魅了されつづけている私は、できれば毎年の冬、南西部へ旅をしたい。そのうち、冬だけ滞在できる別荘を買いたい。

「んー、僕は冬場はやっぱり外国へ行きたいなぁ」

と、ぼやく夫をなだめすかして、

「じゃ、一年おきでいいよ。外国とアメリカ国内、交互でいいから」

さっさと話をまとめて、アリゾナ州へひとっ飛び。私にとっては、アリゾナ州もユタ州も外国なのである。ちなみにその前の年はスコットランド。お天気がちっとも良くなくて、気が滅入りそうだった。雨に濡れながらの登山は侘しい。

サボテンキラキラ空港でレンタカーを借りて、フェニックスから高速道路をぶっ飛ばしてセドナへ向かう。この高速ぶっ飛ばしが、なんとも言えず爽快だ。バカンスの始まりにふさわしい。

ウッドストックの雪道、凍結道からの解放感に浸りながら、どこまでも、どこまでも、どこまでもつづく、まっすぐな道を走る。制限速度は、ニューヨーク州よりも十マイルオーバーの時速七十五マイル（一二〇キロ）。高速道路が滑走路のように見えてくる。今にも車体が空に向かって離陸してしまいそう。

セドナの貸別荘に滞在しながら、翌日から、ベルロック、ソルジャーパストレイル、ベアマウンテン、途中でグランドキャニオン観光をはさんで、ボイントンキャニオン、ブリンズメサ、ドーマウンテンなどなど、ハイキング三昧の日々。

楽しいのなんのって。朝、まだ暗いうちに登山路の入り口に着いて、山登りの途中で、昇る朝日を眺める。下山したあとは、メキシコ料理とマルガリータが待っている。まさに旅の醍醐味。

十日後、セドナをあとにして、次の目的地であるユタ州モアブを目指して車を走らせながら、化石の森公園、モニュメントバレイなどを五日ほどかけて訪ね歩き、地球、というよりも、宇宙の景色、と言いたくなるような悠久の世界を満喫し、ふたたびアリゾナ州へもどり、フェニックス空港で車を返して、酷寒のウッドストックへ舞いもどる、というプランを立てていた。

モアブからフェニックスまでは、車で八時間以上かかる。どこかで一泊して、一日のドライブの時間を減らしたい。

そんなわけで私たちは、この旅の最後の日に、人口一万人足らず、面積は32km²しかない、うらぶれた田舎町の交差点の「角に立つ」ことになったのだった。


町の名は、ウィンズロウという。

イリノイ州シカゴから、カリフォルニア州サンタモニカまでのびている、三八〇〇キロメートルにも及ぶハイウェイ、通称ルート66の宿場町として、かつては栄えていたらしいのだが、今は見る影もなく寂れてしまっている。

そもそもルート66自体が、州間高速道路の開通によって寂れているのだから致し方ないだろう。

しかし、その荒涼とした風情に惹かれて、ルート66をわざわざ走る観光客も少なからずいるという（私たちもそのふたり）。観光客のためにサービスしているのかどうかは定かではないが、道路の脇には、廃屋となったガソリンスタンドやモーテルが、取り壊されることもなく捨て置かれている。崩れかけた建物の上に広がっているのは、どこまでも澄み切った青空。美しい空と地上の荒廃という、世紀末的なコントラスト。

確かにこの風景、「アメリカの風情」と、呼べないことはない。

そんなことを思いながら、車を降りて、ウィンズロウの町をぶらぶら歩き始めた私たちの耳に、どこからともなく、聴こえてきた曲があった。

「あ、なつかしいね。これって、もしかして、イーグルス？」

私の問いかけに返ってきた答えは、

「ああ、うんざりするなぁ、イーグルスか」

である。

夫は一九六二年生まれ。

「十代の頃に聴き飽きたよ。もういい加減にしてくれって言いたくなるくらい、毎日、毎日、ラジオから流れてきてたんだ、この曲が」

WOOD CO.
GAS
MART
SOUTHWEST
GIFTS
OLD 66 TRADING

そのときウィンズロウの町角に流れていた曲は、全米のみならず、世界的な大ヒットを記録した「テイク・イット・イージー」。

しかも、それ以外の曲は流れてこない。

なぜこの曲が、こんな寂れた田舎町で、のべつまくなしに流れてくるのか。

「それはね」

夫が教えてくれた。この歌の歌詞の中に Well, I'm a standing on a corner in Winslow, Arizona. という一節が登場するからなのだと。

――ところで俺はアリゾナ州ウィンズロウの町角に立っている。

けれども、改めて曲をよく聴いてみると、特にウィンズロウのことを歌っている歌ではない。この一行以外には、ウィンズロウのことはまったく出てこない。

一説によれば、この歌の作詞者のジャクソン・ブラウンが、セドナへの旅行中、通りかかったウィンズロウで車が故障し、何日かこの町に滞在したことがあるから、だとか。

私は「コーナー」の正確な訳語が知りたい。

「ねえ、このコーナーっていうのは、町角ってこと？　それとも曲がり角？　交差点？角ってことは、すみっこってこと？　ウィンズロウのどこに、この歌に出てくるコーナーがあるの？」

「それはただの脚韻だよ。アリゾナと韻を踏ませたいから、コーナーって言ってるだけだと思う。だから、特にウィンズロウにコーナーがあるわけじゃ……」

「あった！」

夫の言葉をさえぎって、私は声を上げた。

「あそこだ！　あそこがコーナーだ！」

そこには交差点があった。閑散としている。信号もなければ、車の往来もない。

その角に、銅像が立っている。作詞者のジャクソン・ブラウンと、イーグルスのメンバーのひとりであるグレン・フライ（作詞はこのふたりの共作）。交差点の先には、スタンディン・オン・ザ・コーナー・パークという名の公園まである。

そして、二軒のおみやげ物屋さんの店内から、くり返し流れ出てくる「テイク・イット・イージー、テイク・イット・イージー」――

脳裏にインプットされ、無意識に口ずさんでしまうようになるフレーズを、英語ではフックという。私もたちまちイーグルスの釣り針に引っかかってしまう。

ああ、もうやめてくれ、と、耳をふさぎながらも、夫は言う。

「だけど、この歌が流行ったことをきっかけにして、テイク・イット・イージーが、アメリカの別れぎわの挨拶として流行し、定着した。まあ、イーグルスにはそういう功績はあるかもね」

そうだったのか。最初に挨拶の言葉があったわけではなくて、あの挨拶は、この曲のタイトルとリフレインから発生したものだったのか。

「がんばるなよ」「気を抜いていけよ」「気楽にやりなよ」「肩の力を抜けよ」というような意味の、この別れの挨拶の言葉が、私は好きである。何しろ、子どもの頃から「もっとがんばりなさい」とプレッシャーを与えられつづけ、大人になってからも「がんばってね」「がんばれよ」と鼓舞されつづけてきた私だから。

それにしても、深い意味のない歌詞、たった一行で、そこが観光名所になってしまうアメリカとは、なんとも愉快な国ではないか。それが、ウィンズロウ・アリゾナのコーナーに立った私の思ったことだった。

ないしょ話

「もっとがんばれ、もっとがんばれ、やればできる。おまえは努力が足りない」と、厳しく叱られつづけて育った私とは正反対で、夫は「よくがんばった、偉い偉い。おまえはりっぱだ」と、褒められつづけながら育ったようです。その結果は？　私は筋金入りの悲観主義者で、夫は大らかな楽観主義者。ですが、打たれ強いのは私で、困難にめげやすいのは夫です。そんな彼が最近ハマっているのが般若心経。私のプレゼントした鈴（りん）を毎朝「チーン」と鳴らして、お経を唱えています。それを二階の仕事部屋で聞いていると、「ここはどこ？」と、ついあたりを見回してしまいます。

まあ、気楽に行きましょう。

猫をめぐる冒険

「来年は外国へ脱出！　の年だな。さて、どこへ行こう？」

「コロンビア？　メキシコ？」

「んー、僕のスペイン語、あんまり上達していないし、できれば英語圏が……」

二〇一七年の十二月。

冬が始まったばかりのある日の夫婦の会話である。

「そうだ、ギリシャなんてどうかしら。まっ青な空に、キラキラ輝くまっ青な海。エーゲ海に浮かぶ小さな島。そこには白い教会と白い建物があって……ああ、素敵素敵」

「ギリシャって、英語圏だったっけ？」

「イタリアやフランスよりは、英語が通じたって記憶があるよ」

「そうだったっけ」

「行こうよ、ギリシャへ。あの、青と白の世界へもう一度！」

我が家の窓の外には、青と白の世界が広がっている。ただしウッドストックの場合、「白」とはぶあつい雪なのである。

かつて日本で暮らしていた頃、ギリシャへ旅をしたことがあった。正確に書くと、トルコとギリシャへ一ヶ月ほど、バックパックを背負って安宿から安宿へと泊まり歩いた、正真正銘の貧乏旅行。私は三十代、彼は二十代。バックパックの中には『地球の歩き方』と村上春樹の『遠い太鼓』が入っていた。

成田から格安チケットでイスタンブールまで飛んで、そこからアテネへ。

アテネで観光したあと、ミコノス島へ。

この島でバイクを借りて長逗留したのち、ロードス島へ。

そこから小船でトルコへ渡り、おんぼろ&ぎゅうぎゅう詰めのバスに乗って、トルコ各地を巡り、最後にイスタンブールにもどってきた。

貧乏旅行ではあったけれど、私たちは若く、好奇心と冒険心にあふれていた。

今の私はどこへ旅をしても、清潔なシーツとふかふかの枕と柔らかい毛布がないと眠れなくなっているが、三十年前は、硬い寝台、いつ取り替えたのかわからないようなシーツ、ぺっちゃんこの枕、ヒッピー客の汗で湿っているような毛布でも、ぐっすり眠れたのである。若かったあの頃、本当に何も怖くなかった（「神田川」ですね）。

「ねえ、楽しかったよね、ギリシャ。どこへ行っても、猫がいっぱいいたよね」

特にミコノス島は猫だらけだった。

まるで猫の島に人が住ませてもらっているかのようだった。

「猫か……」

夫は遠い目になっている。見つめているのは、過去の旅の思い出か。それとも？

「よし行こう、ギリシャに決まりだ」

猫である。夫は無類の猫好きである。殺し文句は「猫」なのである。

かくして私たちは、二〇一八年の三月十四日から三十一日まで、ギリシャのペロポネソス半島へ避寒の旅に繰り出した。

酷寒のニューアーク空港からアテネへひとっ飛び。空港ホテルで一泊したあと、バスに一時間あまり揺られて、港町ナフプリオへ。

港町だから当然、町は海のすぐそばにある。青い青いギリシャの海である。

「うわー、海だ、海だ。海海海ー」

雪よさらば、海よこんにちは。

両腕を真上にあげて、くるくる回りたくなる。

海岸沿いにずらりと並んでいるのは、海の幸を食べさせるレストラン。ウェイターが氷の上に載せてテーブルまで見せに来るのは、その日の朝、漁師が獲ってきたばかりの魚、魚、魚。

貸別荘にチェックインすると、荷を解くのもあとまわしにして、私たちは外へ飛び出した。潮風に吹かれながら、まずは海辺の遊歩道をそぞろ歩く。

さて、どこから、どんな風に、現れてくれるのか。

思うまもなく、現れる。

「あっ、あそこに！」

「ここにも！」

「こっちにも！」

「そこにも！」

「猫だ、猫だ、猫猫猫ー」

今度は夫が叫ぶ番である。

ナフプリオでも、その次に訪ねた山あいの村カルダミリでも、遺跡でも、教会でも、修道院でも、市場でも、レストランでも、朝も昼も夜も、猫が私たちの期待を裏切ることはなく、猫が私たちの視界を横切らない日はなかった。どこへ行っても、猫がいる。どこにいても、猫に会える。やっぱりギリシャは「猫社会」であり「猫天国」なんだなと思った。

家で飼われている猫もいれば、町で自由気ままに暮らしている猫もいる。観察していると、町の人たちが実にこまめに、外猫たちに餌を与えているということがわかった。

世界遺産にもなっているミストラスの中世城塞都市遺跡では、スタッフたちが、生まれたばかりの子猫を母猫と共に段ボール箱の中に入れて、手厚く保護していた。浜辺では漁師たちが惜しげもなく、余った魚を投げ与えていたし、レストランにはレストランごとに決まった猫たちが陣取っていた。つまり町全体で、町の人たちみんなが猫を大切にしているように、私の目には映った。

猫と人の幸福な共存。猫が幸せに暮らしている世界なら、人も幸せに暮らしていけるはずだ。私はそう思う。

「ほら、見て、あの子。耳が欠けてる」

「うん、あれはきっと、このあたりのボス猫だな」

未去勢のおす猫はテリトリーを守るために、ほかのおす猫としょっちゅう喧嘩をする。きっとその喧嘩で、耳を噛み切られてしまったのだろう。それでも彼は幸せそうに見えた。しっぽをピンと立てて、町を闊歩し、陽だまりで毛づくろいをして、悠然と昼寝をしている。まさに猫界のゴッドファーザー。

この耳なし芳一猫に、

「ホーちゃん」

と名づけて、友だちになった。

今度、喧嘩に行くときには、耳にお経を書いてあげるからね。

かれこれ十三年ほど前に、可愛がっていた猫に先立たれて以来、私たちは猫なし生活に甘んじている。これまでに幾度、ふたたび猫を飼おうかと思ったか知れない。そのたびに思いとどまってきたのは、ひとたび猫を家族に迎え入れたら、今みたいな気ままな旅には出かけられなくなるから。

それもあるけれど、私たちにとっては彼(おす猫でした)が、唯一無二の猫だったのだと思う。あの世とこの世に分かれても、あの子がうちの猫であり、大切な家族であることに、変わりはない。

亡くなった猫を想いつづけている私たちに、ギリシャの神様は素晴らしいご褒美を与えてくれた。

旅の最後に滞在したギシオという海辺の町の貸別荘で、オーナーから鍵を受け取ったとき、こんな質問が飛んできた。

「ところで、あなたたち、猫はお好き?」

リビングルームのガラス窓の向こうにはエーゲ海がどかーんと広がっていて、昇る朝日と沈む夕日の両方が見える、なんともゴージャスなこの家は彼女の自宅で、私たちのようなお客が来たときだけ別荘として貸し、彼女は離れに引っ込んでいる。つまりこの貸別荘は、彼女の猫の家でもある、というわけである。

「お嫌いなら、離れからここには入らせないようにしますが」

「大好きです！」

ふたり声を合わせて叫んでいた。

猫の名前は「みゃあちゃん」だという。ギリシャ語でも日本語でも、猫は「みゃあ」と鳴くんだな、と、妙なところで感心する。

「ああ、よかった」

破顔一笑したあと、オーナーはさらに、こんなことを言うではないか。

「私はあしたから、しあさってまで、商用があってアテネに行くので、家を留守にします。その間、みゃあちゃんのお世話をお願いしてもいいかしら？」

いいに決まってます！

こんなことなら、ギシオ滞在をもっと長くしておけばよかったと後悔した。

ギシオで過ごした三泊四日。私たちは観光もそっちのけにして、十三年ぶりに、猫のいる家で猫がそばにいてくれる時間を過ごした。それはあまりにも幸福な、あまりにも甘くてせつない、猫をめぐる旅の最高かつ最後の記憶となった。

合言葉は「また会えたね」

『エンキョリレンアイ』（河出文庫）が出た。

単行本の出版から十三年後、新潮文庫の出版から九年後の、再文庫化である。

同じ作品が二度、違った会社から文庫になって出るという経験は初めてだった。うれしかった。今もとてもうれしい。

これは、今までに味わったことのない喜びだった。たとえば、昔ヒットした曲が、十年後にまたヒットして大喜びしている歌手の心境を、私も味わわせてもらっている、と書けば、どういう喜びか、なんとなく察していただけることと思う。

あるいは、再会の喜び、とも言えるだろうか。十三年以上も前に書いた作品に、私はふたたび会えた、ということなのだから。

単行本が出たのは、二〇〇六年の三月。

私は五十歳になったばかりだった。

その前年に『欲しいのは、あなただけ』が島清恋愛文学賞を受賞していたので、『エンキョリレンアイ』は受賞後の第一作ということになる。

「この作品が売れなかったら、小手鞠さんの作家生命も終わりだよ」

「そう覚悟して、出した方がいい」

「その作品は本当に、今、出すべきものなの?」

ベテランの文芸編集者たちから、さんざん脅された。みんな、私の行く末を心配して、苦言を呈してくれているのだとわかっていた。

なぜなら私は、新人賞受賞後、十年あまりの長きにわたって、小説家としてまともな仕事が何ひとつ、できていなかったから。

だから、せっかくの受賞作『欲しいのは、あなただけ』のあとに、売れない作品、つまり失敗作を出す、ということは、致命的な失敗にほかならない。私にはもうあとがない。

私がしがみついているのは、それくらい厳しい世界なのだということも、鳴かず飛ばずだった十年のあいだに、いやというほど理解していた。

私の心に、迷いはいっさいなかった、と言えば、それは嘘になる。

もしも『エンキョリレンアイ』が読者に受け入れられなかったら――

「まあ、その場合には、コンビニエンスストアを店ごと買って、きみはそこの店番をしてくれたらいいから」

と、夫は、私の転職先まで考えてくれていた。

私も本気で「転職するしかないな」と思っていた。これ以上、夫の稼ぎだけに頼って生活していくのは申し訳ないし、情けない。実際に、ウッドストックの隣にあるベアーズビルという村のコンビニ物件を、ふたりで見に行ったくらいだ。

このようにして、『エンキョリレンアイ』は大海原に出航した。作者自身からも信頼されていない、なんとも心細い船出である。

それまでの私は無神論者だったし、運命なんてちっとも信じていなかったし、ましてや奇跡なんて、自分とはまったく関係ないできごとだと思っていた。

しかし、奇跡は起こったのである。

あれよあれよというまに、『エンキョリレンアイ』は売れ始めた。

読者層で言うと、地方在住の女子中高生、地域では京都と仙台を中心にして火が点いて、その火がどんどん広がっていき、夏にはついに、ベストセラーリストにも顔を出すほどになった。

ファンレターも、大きな段ボール箱がいっぱいになるくらいいただいた。今でも心に残っている一通は、小学生の男の子からの手紙で、そこには、

「この本は、ぼくが生まれて初めて読んだ活字の本です。それまでは、まんがとゲームばかりでした。本とはおもしろいものだとわかりました。ぼくはこれから、本をたくさん読みたいです」

というようなことが書かれていた。

『エンキョリレンアイ』は、東京とニューヨーク州に離れ離れになったふたりが心を通い合わせる物語なのだが、小学生の男子にまで読んでもらえるとは、思いもよらないことだった。この作品のおかげで、私はやっと小説家として生計を立てていけるようになった。

私には、恩師と呼べる人が何人かいる。その筆頭に、やなせたかし先生がいる。

中学時代から、先生の詩集を愛読する熱心なファンだった私は、やなせ先生が編集長をつとめていた「詩とメルヘン」という雑誌に、二十代の頃から詩を投稿していた。

無名の投稿詩人だった私に、先生は「詩とメルヘン賞」という栄えある賞を与えて下さり、その後、私が東京で暮らすようになってからは、パーティなどでときどき、お目にかかる機会をいただいていた。

渡米前、先生のお宅にお邪魔したあと、先生といっしょに、犬の散歩に出かけたときのことだった。

「今のままじゃ、だめだよ。今のきみは、イマイチだ。イマイチのままではいつまで経っても本物の作家にはなれない」

私が小説家志望だということを知っていた先生は、そう言って、厳しく私を励ましてくれた。先生はいつも厳しかった。言葉を飾らずストレートに、辛口の意見をずばずば口にした。その厳しさが先生の優しさだった。

「あのね。才能、努力、運。その三つがそろっていても、作家にはなれないんだよ。本物の作家になるためには、才能、努力、運のほかに『華』が必要なんだ」

華とは何か。

「脚光を浴びなくちゃならない。たった一度でいいんだ。一度だけでいいから、スポットライトを浴びる。どういう形でもいいんだ。でも、それが一度もない人は、本物の作家にはなれない。たとえなれたとしてもイマイチの作家、二流の作家のままなんだ。僕はそういう人をたくさん知っている」

そのあとに、先生はつづけた。先生自身も、七十代になってやっと「アンパンマン」によって「華」を得たのだと。

『エンキョリレンアイ』のヒットを、誰よりも喜んで下さったのは、やなせたかし先生だった。そして『エンキョリレンアイ』の再文庫化のニュースを、誰よりも知らせたい人は、やなせ先生である。


十三年前、東京と京都で開いた『エンキョリレンアイ』のサイン会には、たくさんの人たちが駆けつけて下さった。

サインに私が添えたメッセージは「また会えたね」だった。

もちろん、サイン会で再会した人もいたけれど、大半は、初対面の人たちである。それでも「また会えたね」と書いたのは、その人が私の作品を読んでくれたとき、私はその人に「会っていた」と思えるから。ページの中で会ったあなたと、私はサイン会の会場で「また会えた」のだと。

今もそう思っている。このエッセイを読んでくれているあなたと、書いている私は、きっと、どこかで「また会える」のだと。

奇跡は起こる。私はそう信じている。

けれども、大きな奇跡が起こったとき、人はそれと引き替えに、何か大きなものを失ってしまう、というのも、人生の真実ではないかと思っている。

『エンキョリレンアイ』が売れ始めるのと時期を同じくして、我が子のように可愛がっていた猫の具合が悪くなってきた。渡米後、動物保護施設から引き取らせてもらって、家族として喜怒哀楽を共にしてきた猫である。増刷と猫の病状は反比例をしつづけて、ついにその年の秋、私の膝の上から天国へと旅立っていった。まだ十四歳。天寿を全うしたとは言えない年齢だった。

神様は私に、とびきり大きな奇跡をもたらしてくれたけれど、かわりにうちの猫を連れていってしまった。

いや、そうではない。

奇跡をもたらしてくれたのは神様なんかではなくて、うちの猫だったのだ。

再文庫化のニュースを知らせたいあの子は、天国の森で暮らしている。天上と地上に分かれて、私はうちの猫と十三年以上、エンキョリレンアイをしている。

プーちゃんに、また会いたい。

いつか、そっちへ行くからね。

ずっと、ずっと、好きだよ。

そこできみにまた会えるのだと思うと、私はあの世へ行くのが怖くない。

ないしょ話
『エンキョリレンアイ』には本当に、いろいろな思い出があります。楽しい思い出と同じくらい、苦い思い出もあります。『エンキョリレンアイ』の誕生に、なくてはならない人だった、ある人のことを思い出すと、今でも胸が苦しくなります。思い出す、というよりも、その人はいつも私の胸のかたすみにいる、という気がします。片時も忘れたことはありません。私が物を書いている限り、彼は私と共に存在しているのだと思います。ここには書けない事情があって、今はもう、いっしょに仕事をすることはできないけれど、元気でいてほしいと願っています。わざわざアメリカまで会いに来てくれて、ありがとう。あなたが私を忘れても、私はあなたを忘れないよ。

春を告げる声

毎年、三月の半ばを過ぎた頃か、終わりに近い頃、森や野原にはまだ、凍りついた雪がぶあつく積もっているのに、真昼の陽射しには明らかに、春の気配が漂い始める。少しずつ、陽が長くなってくる。

太陽の光をできるだけ有効に使いましょう、という目的によって、デイライト・セイビング・タイム――いわゆるサマータイムが始まるのもこの頃。サマータイムの開始日には、時計を一時間、前に進める。日本との時差は、十四時間から十三時間に縮まる。

私のランニングの格好も、レッグウォーマーなし、帽子や手袋やソックスや上着もそれぞれ一枚ずつ減って、足取りも心も軽くなってくる。

それでも、朝晩はまだまだ冷え込みがきつい。日中はあたたかくても、夜間の気温は零下まで下がる日が多いし、雪が舞ったり、吹雪になったり、雨がみぞれに変わったり、あられがバラバラ落ちてくることだってある。昼間に解けた雪が夜には凍結してしまうので、車の運転は、雪道よりもかえって危険が増す。

春もまだやってきていないというのに、スプリングを飛ばして「サマータイム」だなんて。「夏」という言葉が恨めしくなって、窓の外に立っている寒そうな裸木たちを眺めながら、私はついぼやいてしまう。

春よ、おまえはどこからやってくるの？

答えは「空から」である。

ある日、ある朝、空のかなたから、声が降ってくる。

降ってくる、というよりも、湧いてくる、というべきか。

グワグワグワグワとも聞こえるし、オワオワオワ、あるいは、アワアワアワアワとも、ワオワオワオとも、ウォーウォーウォーウォーとも聞こえる。いや、グエーグエーグエーか。

こうして文字にしてしまうと、あの力強さ、あの生命力、あの湧き出てくる命の泉、みたいな雰囲気がまったく言い表せていない気もするのだけれど、何はともあれ、ランニングの足を止めて、私は棒立ちになったまま空を見上げる。

どこにいるの？　どこから来たの？　どこまで行くの？

整然と縦一列に並んで、一糸乱れることなく突き進んでいく隊列。アルファベットのVやXやYやZを形づくっていることもあるし、よく見れば「女」という漢字に、見えないこともない（私はこのとき太宰治の『人間失格』を思い出している）。

声を出しているのは先頭を飛んでいるリーダーで、それに応えるかのようにして鳴いているのは、最後尾を守りながら飛んでいるサブリーダーなのではないか。私の目には、そのように映っている。

声の主は、空を渡ってゆくカナダグースたちである。

カナダグース、というからには、カナダ生まれの鳥なのだろうか。

白鳥よりもひとまわりほど大柄な水鳥で、全体的には薄茶色に見える。長い首と頭の一部が黒くて、頬のあたりが白い。スタイリッシュな鳥である。人間で言えば「おしゃれな人」という感じ。日本の雀や鳥と同じように、このあたりでは、池、湖、川など、水のあるところならだいたいどこでも見かけられる、おなじみの鳥でもある。

毎年二回、春と秋の初めに、空を渡ってゆく。

春になるとカナダへもどっていき、秋になるとカナダから渡ってくる。

私は長年、そう思い込んでいたのだけれど、どうもそうではないらしい。確かに、春から夏にかけて子育てをしている姿をよく見かける。ということは、子育てをするために、寒いカナダから渡ってきて、秋になるとカナダへもどっていくのか。そういえば「遠いところへは渡らず、ただこのあたりの空をみんなで揃って飛んでるだけだよ」なんて言っていた人もいたっけ。

真偽のほどは定かではない。私には、そんなことはどうでもいい。

カナダグースの声は「もうじき春が来るよ」と、私に教えてくれる。

それだけでいいのである。


ほどなく四月がやってくる。

カナダグースのあとを追うようにして、しかし今度は空からではなくて大地から、別の声が湧き出てくる。グースに勝るとも劣らない、切なくも激しい命の鼓動。地面から湧き出る声は、まさに天まで届くかのように、そこら中に響き渡る。

グエグエグエ、グワグワグワ、ゲロゲロゲロ――

なんだか、グースに似ていると言えば似ている、きわめて原始的な声に、ピーピーピー、ヒーヒーヒーというような、優しげな儚げな声が混じっている。

前庭の奥にある、雨水と湧き水によって自然にできた池の氷は、まだ半分ほどしか解けていない。池のまわりの枯れ草の上にも、ところどころ、雪の塊が残っている。その雪の塊に向かって、空から突き刺すように降ってくるのは、まぶしい光の雨である。あたかも、土砂降りの光と呼びたくなるような。

光の束を受け止めながら、声の主たちは懸命に「春が来たよ」と告げている。

過去の日記帳をめくってみると、最初のお告げは、なぜか、お釈迦様の誕生日、四月八日であることが多い。たいへんに不思議だ。あの子たちには、仏性が宿っているのだろうか。そうに違いない。

私にとってはすでに「あの子たち」としか思えないほど愛しく、親しくなってしまった蛙たちの声。春の季語にもなっている「初蛙（はつかわず）」である。

ENTRANCE

ひと口に蛙と言っても、人間と同じように、さまざまな顔があり姿形があり、違った鳴き声があり、異なった性格があり、豊富な種類がある。

真夏になってから、「モーッ、モーッ」と、牛のような唸り声を上げているのは牛蛙。ほっぺたのところに五円玉みたいな丸いものがくっついているのは銭蛙（これは私の命名）。雨降りの日に姿を現す緑色の小さな蛙は雨蛙。夏の夕暮れ時に可愛らしい声で鳴いているのは河鹿蛙。

まあ、それくらいなら、私にも区別がつくのだけれど、図鑑を見てみると、そんなやわなものではない。何十種類、いや、何百種類もの蛙がいて、それぞれにちゃんと名前がついているではないか。

たとえば、先に「優しげな儚げな声が混じっている」と書いたのは、スプリング・ピーパーという名の蛙である。この蛙の場合、めすはうすいピンク色をしていて、めすの背中に、灰色のおすが乗っかって生殖活動をする。大きなめすが、背中に小さなおすを乗っけたまま、ゆらゆら泳いでいる姿は実にユーモラスで、見かけると、失礼ながら笑いを禁じ得ない。

それまで池のほとりで冬眠していた蛙たちがいっせいに目を覚まして、いちばんにすることはこの活動であり、その成就のために、あのような鳴き声を上げているというわけだ。先に「切なくも激しい命の鼓動」と書いた理由は、ここにある。蛙たちの鳴き声は、おすがめすを求める切実なラブコールなのである。

やるべきことを済ませた蛙たちはその後、いったん静かになる。静かになった池を訪ねてみれば、そこには蛙の卵がぎっしり。無数の卵は、池に落ちて沈んでいる枯れ枝に産みつけられている。枯れ枝一本にも存在意義があるのだなと、私は感心してしまう。いつも思うことだが、森には無駄なものなど何ひとつないのだ、と。

フロッグ（frog）のほかにも、トウド（toad）という種類の蛙がいて、いぼがえる、ひきがえる、がま、などがこれに当たるようである。

それにしても、四十歳を過ぎてから、自分が蛙に興味を抱いて、『北米両生類図鑑』を買い求めることになろうとは、渡米前には想像もつかなかった。

池には、蛙のほかにも、小さなとかげに似たサラマンダーや、亀が棲んでいるし、池のまわりには、オレンジ色をした可愛いいもりや、大小さまざまな蛇もひそんでいる。そのような生き物たちがみんな「あの子たち」になろうとは。

おすがめす（の背中？）を求めて、切なげな声をふりしぼって鳴いている、四月の初めの夜。

「今年もやってきたなぁ、初かわずが」

「古池や、かわず飛び込む、水の音だね」

「痩せ蛙、負けるな一茶、ここにありだよ」

「ねえ、知ってた？　蛙の夫婦ってね、いったん夫婦になると、片方が死んだあともずっと相手のことを思いつづけて、一生、独身を貫くんだって」

「え？　ほんと？　それって、鳥の話じゃないの。鴨とか、グースとかは、そうだと聞いてたけど、蛙もそうだったんだ？」

「そうなのよ。蛙って、愛が深いのよ」

「知らなかった……奥が深いんだな、蛙の世界も」

無垢な夫に、まっ赤な嘘を教えるのもまた楽しからずや。

「街や車の騒音はうるさくて安眠妨害になるけど、蛙の大合唱はどんなにうるさくても、安眠できるよね」

「愛の歌だからね、あれは」

これからしばらくのあいだ、蛙たちの声が、私たちの子守唄になってくれるだろう。

花よりあなた

――つぼみがだんだん膨らんできました。

――七分咲きになっています。

――今週末あたりに満開になりそうです。

――お花見に行ってきました！

――散り始めましたが、葉桜も美しいですね。

日本から届くメールの中に、桜だよりを見かけるようになっているというのに、ウッドストックの森にはまだしぶとく、冬が居座っている。何日か、春らしいあたたかな日がつづいても、がくんと、冬に逆もどりしてしまったかのような冷え込みに襲われる。

三寒四温とはこのことか、と思いながら、仕事部屋の窓から外に目を向けると、レッドメイプルの木の枝という枝に、今にも発火しそうなほど赤い新芽がついていて「今か今か」と出番を待っている。遠くの山々の雪もなんとか解けて、それまでは茶色か灰色に見えていた山々は、四月の半ばを過ぎた今、ほのかに赤い霞に包まれているように見える。赤い霞は、新芽の創り出したものなんだなとわかる。

そんな健気な新芽たちが、氷雨が降ったあとに凍りついて、かりんとうみたいな樹氷に変身している朝もあるし、本格的な春が来たと思って油断していたら、午後から急に吹雪になったりすることもある。

それでもある日、冬は行ってしまう。けれども、行ってしまったあとで必ず、忘れ物を取りに舞いもどってくることを忘れていない。春の陽射しに包まれて、はらはらと名残り雪の舞う日には「ああ、取りに来たな」と、私は思う。同時に「これでやっと、さようならだね」と、つぶやく。

さあ、それからが大変！

何が大変かって、それはもう、爆発的というか、圧倒的というか、怒濤のような勢いで、春がそこら中で噴火を始めるのである。

水仙が咲き、れんぎょうが咲き、たんぽぽが咲く。

まずは黄色だ。黄色がほかの色を連れてくる。地上ではチューリップ、すみれ、クロッカス、桜草、そのほか、名前のわからない無数の野の花がつぎつぎに咲き、木々は競って新芽をふくらませ、弾けさせる。飛び出してくる新緑の色は、緑だけではない。黄緑、黄色、オレンジ色、ベージュ、うす紅色、うす茶色などに染まった山々は、それはそれは見事な春紅葉を見せてくれる。

春紅葉によく映えるのが、白い花を咲かせる木々。梅、山桜、クラブアップル、あんず、豆梨、花水木、もくれん、ライラックなどなど、もういちいち名前を確認している暇がないほど、山の樹も、野原の木も、家々の庭木も、こぞって花を咲かせる。見て見て、すごいでしょ？　と言わんばかりに。確かにすごい。

日本だと、三月から五月にかけて順に咲く花たちが、ここでは、四月の終わりにいっぺんに咲く、と思っていただけたら、私の言う「爆発」も「噴火」もすんなり理解していただけることと思う。

——桜が咲き始めました。

——来週、お花見に行く予定です。

四月の終わり頃、私もメールの冒頭にそう書く。うれしくてたまらない。そわそわして、仕事が手につかなくなる。

「小手鞠さん、冬のあいだはいつも原稿が早く届くけど、このごろぐっと、ペースが落ちましたね」

なんて言われてしまうのも、春の恒例現象である。

だって、これだけ長いあいだ、待ったのだ。待たされたのだ。のんびり仕事なんて、している場合じゃない。家から外に飛び出していって、全身全霊で春を味わいたい。春を謳歌したい。花を愛でたい。桜の木の下で、桜吹雪にまみれたい。

アメリカにもちゃんと、桜の木は生えている。いろんな種類がある。染井吉野もあれば、八重桜もあるし、しだれ桜もある。そして、日本の桜と同じように、美しく儚げな花を咲かせてくれる。桜吹雪の美しさも圧巻だ。

しかし、お花見のスタイルには、日米間で大きな違いがある。どんな違いかというと、それは「アメリカ人はお花見をしない」のである。これでは、スタイルの違いとは言えないか。する・しない、の違いなのだから。それはまあいいとして、私はアメリカ在住の日本人だから、お花見をしたい。日本暮らしの長かった夫も日本贔屓（びいき）なので、お花見をしたい。

というわけで、アメリカでは非常に珍しい、誰もしないお花見というものを、私たちはいつも夫婦そろって、決行するのである。

「そろそろ、FDRの桜も咲く頃かな。行ってみるか?」

「うん、行こう行こう」

FDRというのは、フランクリン・デラノ・ルーズベルト大統領の生家のある、記念公園みたいなところで、広大な庭にまとまった数の桜の木が植えられている。皮肉なことに、この大統領は日本嫌いで知られており、太平洋戦争中、日本をこてんぱんにやっつけた人だったわけだけれども、過去はさておき。

お花見にはお弁当がつきものだが、残念ながら持っていかない。木の下でお弁当を食べていたら、公園のスタッフから失笑を買うのが落ちだろう。

そういえば、いつだったか、ワシントンDC在住の日本人の友人から、こんな話を聞いたことがある。

ワシントンDCにあるポトマック公園には、日米友好の象徴として、かつて東京から贈られたという二千本もの桜の木が植えられている。毎年、満開の頃に催される「全米桜祭り」というイベントには、なんと世界中から、百五十万人もの人たちが集まってくるという。パレード、打ち上げ花火、凧揚げ大会、日本の伝統音楽の演奏などもおこなわれるそうだ。花火と日本の伝統音楽はいいとしても、凧揚げ大会は「センスが違うのでは」と思うのは、私だけだろうか。

彼女はこのお祭りの期間中「ボランティアをするの」と言う。

「どんなボランティアなの?」

尋ねると、こんな答えが返ってきた。

「桜の木の下に集まって、宴会をしている日本人たちにビラを配りながら、注意をうながす仕事なの。ビラには『アメリカでは、屋外の飲酒は禁止されています』と書かれているの。ほら、日本人はみんな、木の下でお酒を飲むでしょ。あれはこっちでは違法行為だからね」

意外と知られていないことだが、アメリカ人はお酒の飲み方にけっこう厳しい。酔っ払うことは、恥ずかしいこととされている。飲みに行って、そこで仕事の話をまとめるなんてことも、ありえない。仕事と酒をからめるなど、もってのほか、というわけである。

「わー、咲いてる、咲いてる、満開だよー」
「おお、いい日に来たなぁ」
「去年は、かわいそうだったものね」

前の年に訪ねたときには、やっと咲いたばかりの花が遅霜にやられてしまって、無残な姿をさらしていた。

今年は、申し分ないお花見日和。空はまっ青で、空気はふんわり、光はキラキラ。おまけにそよ風まで吹いている。

桜の木の下に生えている芝生の上にしゃがんで、私たちは桜を愛でる。見上げると、まるで青空の中から、白い花びらが降ってくるようである。

空から日本が降ってくる——。

「いいなぁ、きれいだなぁ。桜って、どこからどう見ても素敵、美人の木、木の女王」

「僕がここでハラキリをすると、絵になるかなぁ」

「馬鹿だね、昔の日本映画の見過ぎだよ」

そばを通り過ぎていく人たちが怪訝（けげん）そうな顔をして、私たちを見ている。何をやっているんだ、こいつらは。顔にそう書いてある。

アメリカ人は決して、桜の木の下に座ったりしない。ただ、通りすがりにちらっと桜を見て「ああ、咲いたな」くらいのことしか思わない。アメリカ人にとって桜の木は別段、特別な木ではないのだ。

私はさっきからFDRの桜に見とれている。

「あれ？　どうしたの？　急に黙ってしまって。やっぱり日本が恋しいんでしょ？　帰りたくなった？　当たり？」

それは私があなたに言いたい台詞だよ、なんて思いながら、私は答える。

「はずれ」

自分自身の意志で選択したアメリカ移住を、私は一度も後悔したことがない。日本へ帰りたい（＝帰って住みたい）と思ったことも、一度もない。

けれども、実はそのとき、日本のことを思っていた。正確に言うと、京都のことを。京都の桜のことを、私は思い出していた。

鴨川の土手に沿って咲き揃っていた、ピンクのしだれ桜。山科疏水の桜、円山公園の桜、平安神宮の桜。左京区で借りていたアパートの近くにあった公園の桜、下鴨神社の桜、出町柳の桜、哲学の道の桜、思い出の桜――

十八歳から二十八歳までの多感な時期を、私は京都で過ごした。京都の桜はそのまんま、私の青春時代の桜なのである。日本へ帰りたいとは思わないが、京都のことを思うと、初恋の人を想うような、甘ずっぱいような、ほろ苦いような郷愁を覚える。片思いの恋にも似ている。実のところ、京都は私に対して、それほどあたたかい町だったとは言えなくて、むしろ、つらい目、悲しい目に遭わされることが多かった。それでも私はいまだに、京都に焦がれている。

「あのね、京都の桜を思い出していたの」

私は正直に言ってみる。だけどあの頃の私は、桜そのものをじっくり見て、真剣に花を愛でていたわけではなかったな、と思いながら。あの頃の私が見つめていたのは、桜ではなくて、桜の並木道をいっしょに歩いていた、私の隣にいた「あの人」だったな、と。

京都時代の私には、花よりも夢中になっているものがあった。ほとんど溺れていたと言っていいだろう。年がら年中、忙しく、咲いたり散ったりをくり返していた。桜のように美しくはなかった。満開になる前に、枝が折れ、傷つくことの方が多かった。それでもあきらめ切れず、咲こうとしていた。花よりも恋、だった。花よりもあなた、だった。その最後のあなたがこの人だったな、と、アメリカの桜の木の下で、ひそかに私はそう思っている。

ないしょ話

知り合った年から数えると、三十五年。「夫婦円満の秘訣はなんですか?」と、訊いてくれる人はほとんどいませんが、ここでその質問にお答えします。妻の側から、です。夫を「少年だ」と思うこと。これに尽きます。たとえば、果物や野菜を洗わずに食べたり、除雪のできていない雪道に車を出して立ち往生したり、大切にしているマグカップを割られてしまったり、パスポート&免許証不携帯事件を起こされたりしても、相手が少年だと思えば、笑って許せてしまいます。あるとき夫にそのことを話すと、大いにウケました。「きょうから僕を『少年G』と呼んでくれ」とのこと。Gはファーストネームの頭文字。重い物を動かしてほしいとき、ジャムやジュースの瓶の蓋がきつくてあかないとき、ワンピースのジッパーが上まであがらないとき、アメリカ人との複雑な交渉の電話が必要なときなど、少年Gはとても頼りになります。

恐竜の卵

長かった雪の季節が終わり、もう来ないのではないかと思っていた春が巡ってきて、名残り雪と遅霜を見届けてから、玄関の軒先にフラワーバスケットを吊るす。

今年はどんな花で玄関先を飾ろうか。

目の覚めるような黄金色のマリーゴールド。

風に揺れる優しげなペチュニア。

あざやかな赤とピンクのゼラニウム。

花屋さんの店先をうろうろしながら、ああでもない、こうでもないと迷う。心躍るひときだ。我が家の庭に植えることのできる花は、種類が限られている。植えたとたんに食いしん坊の鹿がやってきて、むしゃむしゃ食べてしまうから。

だから、鹿に食べられる心配のないフラワーバスケットは、心ゆくまで迷って選ぶ。

フラワーバスケットを掛けて、咲き誇っている花たちを愛でながら、玄関前のポーチでお茶を飲んだり、果物を食べたり、本を読んだりする。バックグラウンドミュージックは小鳥の歌声。ときおり本から顔を上げ、青空を漂う雲を眺めていると、どこからともなく蝶々やハミングバードが飛んできて、花の蜜を吸い始める。至福のひとときだ。

しかし悲しいかな、幸せは長くはつづかない。

みずみずしい夏のある昼下がり。

トレイにチョコレートと紅茶をのせ、本を小脇に抱えて、いそいそとポーチに出ようとしている夫の背中に、私は厳しく言い渡す。

「待った！　本日より、玄関使用禁止令施行！」

「ええっ、またなの？　今度は誰？」

「ジュンコ」

「そうか、ジュンコか。やれやれ、迷惑なやつだ。いったいここを、誰の家だと思ってるんだ」

ぶつぶつ文句を言いながらも、夫の顔は、まったく迷惑そうではない。むしろうれしそうに見える。トレイを手に回れ右をして、家の中へ逆もどり。

ダイニングルームの窓から、恨めしそうにフラワーバスケットを見つめている夫に、私は指さしながら通告する。

「あの、まんなかのバスケットの中だから。当面のあいだ、配達業者にはガレージから入ってもらうようにします」

「わかりました。で、今のところ、何個？」

「今はまだ二個。ジュンコはだいたい四個か五個だからね」

ジュンコというのは小鳥の名前で、正式名はダーク・アイド・ジュンコという。

大きさはすずめくらい。おすは濃い灰色。めすは薄い灰色。ピンク色のくちばしと、黒い瞳の持ち主で、特徴は尾羽にある。灰色の尾羽に隠れている白い尾羽が、ぱっと飛び立った瞬間、あたかも広げた扇のように美しく目を引く。

抱卵の期間は二週間弱。雛が孵ってから巣立ちまでにかかる日数もだいたい同じ。ということは、これから四週間ほど、我が家の玄関は、使用禁止になる。親鳥には落ち着いて、安心な気持ちで卵をあたためてもらいたいし、誰かが玄関のドアをあけたとき、びっくりした雛が巣から落ちたりしたら大変だから。

私たち夫婦が野生の小鳥に関心を抱くようになったのは、かれこれ十三年ほど前、愛猫に先立たれて以来のことである。

それまでは、小鳥のさえずりを耳にしても、ただ「小鳥が鳴いている」としか思っていなかったし、小鳥の姿を見かけても「ああ、小鳥が飛んでいる」としか思っていなかった。小鳥とはあくまでも「小鳥」に過ぎなくて、それぞれに個別の名前があり、鳴き方も、暮らし方も、棲む場所も、好きな食べ物も、言ってしまえば何もかもが異なっている、なんてことは、想像もしていなかった。

猫が亡くなったのは秋だったのだが、その翌年の春から、家のあちこちに小鳥が巣をかけるようになった。それまでは、天敵に相当する猫がいたから、うちには寄りつかなかったものと思われる。

最初の来訪者は、アメリカンロビンだった。

春先になると、はるばる中米から渡ってくる、大柄な小鳥である。体の色はくすんだオレンジ色。卵の色はターコイズブルー。こんなきれいなブルーが、自然界には存在していたのかと目を見張った。

ロビンは、玄関の石壁の低い台の上に巣をつくったので、抱卵、餌やり、巣立ちまでの一部始終を見せてもらえた。まるで、一冊の絵本のページが目の前で毎日、めくれていくかのような日々だった。

孵ったばかりのときには、ふわふわでほよほよの産毛の塊に過ぎなかった雛が、日ごとに鳥の形を成していき、やがて目があき、巣の中で羽をばたつかせるようになっていく。親鳥が餌を運んでくると、黄色いくちばしを上に突き出し、まっ赤な口をあけて、我先にと餌をねだる。

おす鳥は、ぎょっとするほど大きなとんぼや蛙やいもりをくわえてきて豪快に与え、めす鳥は、青虫やありや小さな羽虫を上品に与える。

「ああ、その子じゃないでしょ！　こっちの子にあげなきゃ！」

「違う！　違うったら！」

双眼鏡で観察しながら、私はつい、声を上げてしまう。

人間の常識からすると、いちばん弱い子、いちばん小さな子にたくさん餌をやればいいのに、と思うのだけれど、野生にあってはまるでその逆で、親鳥は、いちばん強い子、いちばん大きな子を優先して、餌を与える。

ロビンの雛の生存率は、わずか二十五パーセントだと言われている。つまり、四羽のうち一羽しか、生存できない。当然のことながら親は、もっとも強い子をさらに強くしておこうと考える。野生の厳しさを目の当たりにして、軟弱な人間はただ、こうべを垂れるだけだ。

おすとめすが助け合って、懸命に餌やりをしている姿は、人間の子育てを彷彿させる。しかしながら、巣立ちまで最低でも十八年ほどかかる人間とは違って、小鳥の赤ちゃんはわずか二週間で飛び立っていく。巣立ったあとは、広大な森が住処になる。ふくろう、鷲、とんび、烏、赤りす、コヨーテなど、そこら中に天敵がいる。それでも果敢に生きていく。

あんな小さな巣の、あんな小さな卵から生まれた小さな命の、なんという健気さ、なんというたくましさ。

小鳥の祖先は、恐竜である。

あるとき、本を読んでいて、このことを知った私は「ああ、そうだったのか」と、深く納得した。まさに目から鱗が落ちたようだった。

小鳥は一見、小さくて、可愛らしくて、儚げに見える。事実、その体はとても軽い。雛が巣立ったあと、空になった巣の中に一個、埋もれるようにして、孵らなかった卵が残されていることがままある。狭い巣の中で、雛がひしめき合っていたというのに、小指の先ほどもない卵が割れないまま残っているということは、小鳥たちの体がいかに軽いかをよく物語っている。

小さく、小さく、軽く、軽くなることで、恐竜だった小鳥たちは、何億年も前から今日まで生き長らえてきたのだろう。人類なんて、高が知れている。


チアチアチア、チアチアチアチアリ――

夏のあいだ中、艶のある声で歌いつづけていたアメリカンロビンは、秋になる前に、あたたかい土地へ飛び去っていく。

フィービー、フィービー――

森に響き渡る口笛のような声を聴かせてくれていたフィービーも、いつのまにか、どこかへ渡ってしまう。

うちのまわりの森に残っているのは、ジュンコだけだ。

ジュンコはどこへも渡らず、この森で越冬する。冬のあいだだけ、群れをつくって行動する。群れのまんなかには、今年生まれた若鳥たち、そのまわりにめす、そのまわりに年老いたおす、いちばん外側を若いおすが取り囲んで、群れを守っているという。

ぶあつい雪にすっぽりとおおわれた雪原の、ところどころから頭だけを出している枯れ草。その先にくっついている小さな種をついばんでいるジュンコたちの姿を見かけるたびに、小鳥たちの「家はこの森なんだな」と、当たり前のことに感動する。あの中にはきっと、うちの玄関先のフラワーバスケットの中で育った子もいるに違いない。

森という家の住人たちはごみを出さない。雪にも枯れ草にも草の種にも、それぞれの役目があり、すべてがひとつの環(わ)の中に在る。

来年も、ジュンコは花の中に、小枝と藁(わら)と自身の羽根でこしらえた、恐竜の巣をかけてくれるだろうか。

ないしょ話

山ひとつ、隔てた通りに住んでいる友人と「小鳥の会」をつくっています。会長は私で、会員は彼女。ふたりだけの会ですが、年に四、五回、ミーティングを開きます。今年はどこに、どんな小鳥が巣をかけたか。子育ては順調に進んでいるか。卵は何個で、雛は何羽、孵って、みんな無事、巣立っていったか。飛べない段階で、巣から転落して死んでしまう雛もいれば、巣立ちの直前に赤りすに食べられてしまう雛もいます。慰めたり、慰められたりして、小鳥の会は、互いの傷心を癒すためにも功を奏しています。

マンハッタンの公園を書く

「そろそろ行くか？　遠足に」

デートではなくて、遠足である。夫に誘われると、私はいつも元気よく右手を挙げて答える。

「行く！」

列車の駅まで車で四十分、ハドソン川に沿って走る列車に揺られて一時間四十分ほどで、ペンシルベニア駅、通称ペンステーションに着く。地下にある駅から外に出ると、そこには、摩天楼の街、マンハッタンが広がっている。
二、三ヶ月に一度くらいの割合で、マンハッタンへ遊びに行く一泊二日程度の小旅行を、私たち夫婦は「遠足」と呼んでいる。

ふだんは田舎に住んでいるふたりが列車に乗って遠出をし、大都会で物見遊山をしてくる、というわけである。実のところ、夫には仕事がらみの所用があるので、浮かれ気分で楽しい遠足を満喫できるのは、私だけなのだけれど。

夫の所有しているオフィス（私たちが泊まるのもここ）がチェルシーにあるため、ここ何年かはもっぱらチェルシー界隈をうろうろしている。

南北の通りは十四丁目から三十丁目まで、西はハドソン川、東は五番街に囲まれているエリア。これがチェルシーである。

たとえば、セントラル・パークから南下しながら歩いてくると、チェルシーあたりから急に観光客の姿が減って、背の高いビルも少なくなり、かわりに並木や木立や緑が増えて、落ち着いた雰囲気になる。高級ブティックやブランドショップはことごとく消え、個性的なギャラリー、小さな書店、こぢんまりとしたレストランやカフェが姿を現す。通りを行き交う人たちにも生活感が漂っている。犬を連れて歩いている人が多い。

都会は苦手な私だけれど、芸術家村みたいなチェルシーは気に入っている。

名前の由来は、ロンドンにあるチェルシーで、十八世紀には農地だったこのあたりの土地を買い上げて家を建てたイギリス人が、自国をなつかしんで（かどうかは定かではないが）命名したという。

十九世紀になってからは、ニューヨークシティ郊外の高級住宅地として開発され、その後、シティの大発展に吸収されていった。二十世紀前半には、アイルランド系の移民や、近くの埠頭や倉庫で働く労働者たちが暮らすようになり、その後、やや寂れていたものの、一九九〇年代以降は、地価の高騰したソーホーから芸術家たちが移り住んできて、チェルシーはアートの発信地として活気を取りもどして、今に至る。

さて、地理と歴史のお勉強はこれくらいにしておこう。遠足にやってきた田舎者は、都会で何をして遊ぶのか。

散歩である。街歩きである。ひたすら歩く。ときどき、空を見上げる。くっきりと晴れ上がったマンハッタンの五月の青空は、格別に美しい。流れてゆく雲は、白鳥の形をしている。空を鳥が泳いでいる。川から吹いてくる風には、初夏の青い香りが含まれている。ニューヨーク州では、春と夏がいっぺんにやってくる。

散歩に疲れたら公園のベンチに腰かけて、ピープルウォッチングをする。

何しろ、ふだん歩いているのは、森の小道であり、山であり、野原と田園しか広がっていないカントリーロードである。すれ違うのは牛か馬か鹿かりす、というような世界から、人間だらけの街へやってきたわけだから、人々の姿を見ているだけで、おもしろくてたまらない。

ひとりひとりの「物語」を想像してしまう。どういう過去があって、どこからこの街にやってきて、何をして暮らしているのか。好きな人はいるのか。どんな夢を、大志を抱いて、この大都会に棲息しているのか。

そんなことを考えていると、頭の中で短編小説が一本、書けてしまっている。

セントラル・パークはあまりにも有名だから脇へ置いておき、ここで、私のお気に入りの公園を三つご紹介しよう。しかし、ありきたりの観光案内ではつまらないから、私の書いた小説の一節を読んでいただきたい。

まずは、ワシントン・スクエア公園から。

その頃、あたしは、仕事の行き帰りによく、ワシントン・スクエアに立ち寄っていた。

エージェンシーの事務所とアパートメントのちょうど中間にある公園なので、あたしにとっては自分の庭のようなもの。

アーチみたいに枝を広げて、夏は強い陽射しから、冬は北風から、さり気なくあたしたちを守ってくれている優しい木立。そのあいだを縫うようにしてのびている遊歩道をぶらぶら散歩したあと、最後は決まって、スクエアの南のすみっこにある「ドッグ・ラン」へ。大型犬のコーナーと、小型犬のコーナーに分かれていて、大型犬の方が圧倒的にスペースが広いので、あたしはいつも大型犬の方へと向かった。

白い柵で囲われたその一角では、犬と一緒に散歩にやってきた人たちが、連れてきた犬を解放して、自由に遊ばせることができるようになっていた。広場のまんなかに犬のための砂場と運動場がどーんとあり、それを取り囲むような形で柵が設えてあり、その柵の内側に沿うようにして、人の腰かけるベンチがずらっと並んでいる。犬連れの人たちは、自分の犬を放したあと、ベンチに腰かけてのんびり犬たちの様子を眺めたり、読書をしたり、よその犬の飼い主たちと交流したり、そういうことのできるスペースになっていた。「犬の楽園」とあたしは名づけていた。

『ロング・ウェイ』（祥伝社文庫）より

この楽園で、主人公の「あたし」は、のちに恋人になる人と出会う。

次は、ブライアント公園。

この公園の近くには、紀伊國屋書店ニューヨーク店があるので、好きな作家の新刊を買ったあと、私はこの公園へ立ち寄って、ページを開くのが常である。


校舎の外に出ると、雨はすっかり上がっていて、ブルーグレイの雲間から、透き通った水色の空が顔を覗かせていた。それだけで、わたしはなんだか嬉しくなって、

「そうだ、久しぶりに、行ってみよう」

と、思った。

ブライアント・パークへ。

最後に立ち寄ったのは春先だったから、かれこれ半年ぶりくらいになるだろうか。

噴水広場の方から園内に入り、陽の当たる道を歩いて、まっすぐに、屋外読書室へと向

かった。樹木も草花も、淡い陽射しを浴びて、思い思いに秋の色をまとっている。思わず知らず、急ぎ足になっていた。「夢見るベンチ」の存在を確かめたくて。

花壇に囲まれている小道を挟んで、左側に小さな藤棚があり、その近くに本を並べたワゴンがあって、ワゴンのそばに丸いテーブルが置かれていて、そのテーブルから数えて、五番目にあるベンチ——

「あっ」

心の中で、小さな声をあげてしまった。

『レンアイケッコン』(新潮文庫)より

この公園のこのベンチで、主人公の「わたし」は、のちに恋人になる人と出会う。最後は、ザ・ハイライン。

グレゴリーさんの言った通り、ハイラインには、涼しさとあたたかさ、湿り気と乾きのバランスが絶妙、と言っていいような風がそよいでいた。ハワイの貿易風を思わせるような川風だった。遊歩道に沿って築かれた花壇や庭園に植え込まれている植物は、廃線後の線路跡に生い茂っていた野草を移植したものだという。道理で、どの植物もたくましく、したたかに枝葉を広げている。対照的に、花は楚々として、つつましやかだ。猫じゃらしやすすきのような細長い葉っぱを野放図に茂らせている、いかにも雑草です、と言いたげな趣の草がそよ風にさわさわ揺れているさまは、どこかノスタルジックでもある。

線路跡には雑草がお似合いで、雑草には風が似合う。

『アップルソング』（ポプラ文庫）より

主人公は、ハイライン——かつて貨物列車が走っていた高架型の線路跡を再利用、再開発してよみがえらせた、空中遊歩道みたいな公園を歩きながら、かつてチェルシーで暮らしていたひとりの写真家に思いを馳せている。

ハイラインはチェルシーのすぐそばにあるので、最近の私の「庭」にもなっている。

遠足のつづきにもどる。

散歩を楽しんだあとは食事、それからジャズクラブへ行ったり、バーでお酒を飲んだり。

食事はたいていエスニック。タイ料理か、ヴェトナム料理か、中国料理。お酒は、ジンを中心に飲ませてくれる行きつけのバーで。ここは、禁酒法時代のバーを模していて、入り口は普通のコーヒー店になっており、店内の奥の扉から地下へ降りていくようになっている。通りから見ただけでは、バーがどこにあるのか、絶対にわからない。

秘密のバーでお酒を飲んだあと、夜の街をそぞろ歩いて、夫のオフィスで一夜を明かす。明け方まで、車の騒音、救急車、パトカーのサイレンなどが鳴り響いて、あまりよく眠れない。

起き抜けに、近くのカフェで、エスプレッソとデニッシュの朝食をとる。

「なんなら、もう一泊するか?」

夫の誘いに、私は首を横にふる。

「森へ帰りたい。早く帰ろう!」

もうこれ以上、人は見なくていい。私は動物が見たい、植物が見たい、木が見たい。

遠足の落ちは、決まってこうなる。

マンハッタンを出て三十分ほど過ぎると、電車の窓から見える景色は一変した。

大都会の面影はもうどこにもなく、電車に乗っているだけなのに、途方もなく雄大な何かに抱かれているような、そんな感覚にとらわれる。

『エンキョリレンアイ』(河出文庫)より

そうそう、この感覚だ、と、私は帰りの列車の中で、窓の外を流れるハドソン川を見ながら、いつもそう思う。

大都会を離れて、森へ帰ってゆく。

人間によって創られた世界から、自然の中へもどっていく。

それはまさしく「途方もなく雄大な何かに抱かれている」感覚なのである。

ないしょ話
風について。
雑草には風が似合う、と、私は『アップルソング』に書いたわけですが、風が似合うというよりも、雑草も森も風の力を必要としている、風の力を借りて繁殖していっている、ということなんだと思います。たとえば季節が春から夏に変わろうとする頃、一日中、強い風が吹いて、森の樹木を思うさま揺らしている日があります。そんな日に、木々はこれでもかこれでもかと、種をまき散らしています。中には、鳥の羽根のような形をした種皮に包まれた種もあって、くるくる回りながら、遠くまで飛んでいきます。まるで、どこかに新しい森を創ろうとしているかのように。まさに、風が空から森を降らせているかのように。たかが風、されど風。「答えは風に吹かれている」と歌ったのは、ボブ・ディランでしたね。

黒くまさんの夏の恋

――きょう、ランニングの途中で、黒くまさんに出会いました。日本に住んでいる友人や知人や仕事仲間に、森で熊を見かけたことを伝えると、返ってくるメールにはたいてい、こんな文章が書かれている。

――えーっ！　熊が出るんですか？　怖くないですか？　襲われないように、注意して下さいね。

読みながら、私は思っている。

出るんじゃなくて、くまさんたちはこの森に住んでいるんです。まったく恐ろしくも、怖くもないです。人を襲うことはありません。おとなしくて、優しくて、恥ずかしがり屋のくまさんなのです。

どうやら多くの日本人にとって、熊とは獰猛で、人を襲う危険な生き物のようだが、私にとってはあくまでも仲良しの「くまさん」なのである。

このあたりの山や森に、六百頭ほど、棲息しているという。

ただしこの数字は、かれこれ二十年ほど前に人から聞いたものなので、今はどれくらいなのか、定かではない。

英語名は、ブラックベア。

アラスカ州などに棲んでいるグリズリーベア――星野道夫さんの写真集にも出てくる、川で鮭をつかまえている、あの熊たちとは異なった種類の熊で、性格もずいぶん違うようである。

初めて見かけたのもやはり二十年くらい前のことで、そのとき私はひとりでドライブをしていた。

谷川に沿ってのびるカントリーロードに車を走らせていたとき、黒くまさんは山の斜面から駆けおりてきて、道路を横断し、川へ水を飲みに行こうとしていた。大きな生き物のわりには、動きが俊敏だった。

第一印象は「何か、まっ黒けな生き物が素早く道を横切ったな」という感じ。ブラックベアという名が示す通り、黒々とした毛に覆われており、なおかつその毛は、つやつやと輝いていた。その直後に「ああ、なんて美しい生き物なんだろう」という感動がやってきた。美しいというか、神々しいというか。野生の生き物を肉眼で見ることのできた僥倖に、感謝しないではいられなかった。

それから数年ほどが過ぎた、六月のある朝である。

「くまぁあああ！　くまぁあああ！」

割れんばかりの叫び声が、家中に響いた。

池のほとりをうろついている、でっかい黒くまさんを発見した私が、階下の仕事部屋にいる夫に知らせようとして上げた大声である。

「どこー？　どこー？　どこだー？」

夫から返ってきた木霊（こだま）さながらの問いかけに、

「ベッドルーム！　だけど、一階からも見えるはずー」

叫びながら、私の視線は池のそばにいる黒くまさんに釘づけになっている。池は、二階のベッドルームから見下ろすと、その全貌が見渡せるようになっている。

前庭の奥にある池のまわりを、のっし、のっし、と、歩いている黒くまさんは、まるでお相撲さんみたいだ。きっと、おすに違いない。

次の瞬間、横綱級の黒くまさんは「ジャボーン」と威勢のいい水音を立てて、池に飛び込んだ。かと思うと、気持ちよさそうに、犬かきですいすい泳ぎ始めたではないか。端まで泳ぎ着くと、ターンをしてまた泳ぐ。三往復ほどしたあと、池から上がって、ぶるぶるっと全身を震わせて水を切ると、またのっしのっしと歩いて、森の中へ消えていった。

その間、およそ三、四分くらいだっただろうか。

夫は一階から、私は二階から、息を詰めて黒くまさんの初泳ぎに見とれていた。

それ以降、毎年、六月の初めごろになると、冬眠から目覚めた黒くまさんがうちの池に泳ぎに来るようになった。泳いだあと、二本足で立って、大木や電信柱に背中をぐりぐりこすりつけていることもあった。

ある年には、母熊が子熊二頭を連れてやってきた。子熊たちが池に入って、バシャバシャと互いの顔に水をかけ合いながら遊んでいるのを、母熊は池のほとりで見守っていた。

またある年には、大好物の実を取ろうとして、ヒッコリーの木——くるみ科の落葉樹に登っている子熊二頭を、木の下で指導・監督している母熊の姿も見られた。

母熊の真似をして、石をめくっては、その下に隠れている蟻の卵や虫を食べている姿。

幼木の枝を両手でバシバシ払うようにして遊んでいる姿。

とにかく可愛い。子熊の可愛らしさときたら、それはもう天下一品である。

森を歩いている私の姿を見かけたりすると、子熊たちは、近くにある木にするする登る。

木登りというのは、自己防衛の手段でもあるのだろう。

そして、三年ほど前の六月のある朝、

「くまぁあああ! 二頭いる——二頭きた——くまぁあああ!」

ふたたびの大絶叫である(ちなみに、夫からは、鹿、りす、うさぎ、七面鳥、ふくろう、鴨に関しては特に叫ぶ必要はないが、熊のときだけは叫んでくれと要請されている)。

叫びながら私は階段をバタバタと駆けおりていって、一階のリビングルームの窓辺に張りついた。そのときは、二階からよりも、一階からの方がよく見えるだろうと思った。

夫もすでに私のそばに立っている。

横綱級ではないものの、わりと大きめのくまさんと、彼よりも少しだけ小さめの「お嬢ちゃん」みたいなくまさん。

大人のくまさんが二頭そろって姿を現したのは、初めての出来事だった。

「何してるんだろうね?」

「遊んでるんじゃない?」

なんとなく、二頭でじゃれ合っているように見える。

「きょうだいかなぁ」

ずっと前に池で水浴びをしていた、二頭の子熊が大きくなったのかなと思った。

「あ! 喧嘩だ。噛みついてる! 大変だ。喧嘩してる!」

確かに二頭は組んずほぐれつの状態になり、相手の喉のあたりに噛みついたりして、喧嘩をしているようにも見える。声までは聞こえないけれど、むき出しになっている牙が見え隠れしている。おとなしいとはいえ、熊は熊である。本気で喧嘩をすれば、どちらかが怪我をするに違いない。

はらはらしながら観察していると、二頭はやがてパッと離れた。

離れてから、なんとはなしに楽しそうな、弾んだ足取りで、駆けっこみたいなことをしている。

「ああ、良かった」

「なぁんだ、やっぱり遊んでるんじゃないか。心配させるなよ」

今度はいっしょに、草を食べ始めた。ふたり揃って、草を手でむしっては、もぐもぐむしゃむしゃ食べている。まるで「ここは森のレストラン」である。

私たちは笑顔になっている。微笑ましい。実に微笑ましい、心和む風景である。

食事のあとは、またお散歩。仲睦まじく寄り添って、少し離れた草むらまでトットットットッと走っていく。

それからふたたび「あ、喧嘩！」と言いたくなるような取っ組み合い。片方が片方に飛びかかったり、わざとドテッと転んだりしながら、もつれ合っている。

もつれ合ったあとは、パッと離れてお食事。お食事のあとは、お散歩。お散歩の途中で、もつれ合い。

延々とくり返しながら、我が家のまわりの庭をゆるゆると移動し、いつのまにか森の奥へ姿を消していた。

「いやー、感動したなぁ」

「うん、いいものを見せてもらったねぇ」

私たちは大満足している。

見応えのある映画を一本、見終えたような気分だ。

タイトルは「黒くまさんの夏の恋」だろうか。

あの二頭は、恋人同士だったのだ。あの二頭は、愛を語り合っていた。けれどもあの二頭はひと夏だけの、一日だけの恋人であり、次の年には、母熊はひとりで子熊を産んで、ひとりで育て上げる。子熊は次の年には母熊と別れて、ひとりで生きていく。

森には、なんと多くの物語が秘められているのだろう。そうしてそれは、なんと美しく、なんとたくましく、シンプルで力強いお話なんだろう。

森が語ってくれるお話を、私は子どもたちに「ねえ、聞いて聞いて」と教えてあげたくなって、きょうも童話を書いている。

星野道夫さんは私たちのために、こんな文章を残してくれている。

地球上で、人間の手がつけられていない自然はいったいどれだけ残っているのだろうか。それを、いつまでも後の世代に残していけないものだろうか。こんなにもかけがえのない自然を見ていると、そんな大義名分さえ必要のないものだという気がしてくる。だれのためでもなく、それは自身の存在のために手をつけてはならないような気がしてくる。

『星野道夫著作集1』（新潮社）より

ないしょ話
ついこのあいだ、書き上げたばかりの童話には、熊のダニエルさんが出てきます。大きな体のダニエルさんは、シャイで無口で優しい熊さん。しまりすの三人きょうだいの、ジョーくん、モモちゃん、ピンキーちゃんは、ダニエルさんと仲良くなりたくてたまりません。どうやって、友だちになったらいいのでしょう。三人は、うさぎのモニカのケーキ屋さんで、ケーキを食べながら考えています。そこへ、ダニエルさんがやってきました――このつづきはぜひ、最寄りの本屋さんで。

桃源郷に咲く花

日本語名はカルミア、または、アメリカシャクナゲとも呼ばれている。

小さな花が集まって、手毬のような形になって咲く。つぼみはまるで金平糖（こんぺいとう）のように可愛らしい。色は白か薄いピンク。

家のまわりで、野生のマウンテンローレルが咲き始めると、「ああ、今年も夏がやってきたな」と感じる。

不動産屋のスタッフに案内されて、ウッドストックの町はずれにある森の家を見に来たのは、今から二十二年ほど前のことだった。

季節は秋の終わり。森の木の葉は思い思いに色づいて、黄金色の陽射しが降りそそぐなか、気まぐれな風にあおられて、はらはら、くるくる、舞い落ちていた。

目の前には野原が広がり、その向こうには池や林があり、裏庭はそのまま深い森につながっている、ぜいたくなまでの自然に恵まれた土地と、素朴な山小屋風の家がひと目で気に入って、私たちはこの森の家を購入することにした。

それまで住んでいた学園町から、家族の一員である猫を連れて、車で七時間ほどかけて引っ越しをし、雪にうずもれた森で新年を迎え、待ち遠しかった春が来て数ヶ月後、六月の半ばのある朝のことだった。

いつものように起きて、二階の寝室の窓辺に立ったとき、

「うわあっ」

と、思わず声を上げてしまった。

最初に思ったことは「白くなっている」だった。

森の底が白くなっている。そこら中、白く染まっている。白い花が咲いている。いっぱい咲いている。あれはいったい、なんの花なのだろう。

そこまで思ったとき、私は思い出した。

家を買ったとき、不動産屋さんから手渡された説明書には、家の間取りやデザインや敷

地の広さや周辺の環境などが事細かに記されていて、その末尾に「たくさんのマウンテンローレル」という言葉が添えられていた。そのときには特に、気に留めることもなかった。マウンテンローレルがどんな植物なのかも知らなかった。

寝室のガラス窓をあけて、バルコニーに出た。

これがマウンテンローレルなのか。

今度は、感嘆のため息が漏れた。

ロッツ・オブ・マウンテンローレルズ――。

あの言葉は、こういう意味だったのか。

引っ越してからその日までの半年ほど、私も夫もそれぞれに忙しかった。

忙しい仕事と仕事のあいまに、生活をととのえるための雑事に追われ、森の自然を楽しむ心のゆとりもなかった。だから、家のまわりで、マウンテンローレルのつぼみが膨らんでいっていることにも気づかないままでいたのだった。

マウンテンローレルは低木の常緑樹で、背の高い樹木と樹木のあいだを縫うようにして、森全体に広がっている。枝という枝にびっしりと花をつける。その咲きっぷりは、咲きそろう、でもなく、咲き乱れる、でもなく、まさに、咲きこぼれているという感じ。

呆然と見とれていると、ふっと頭に浮かんできた言葉があった。

桃源郷。

それまで私は「桃源郷」という言葉は知っていても、自分の目でそれを見たり、実感したりしたことはなかった。つまり私は桃源郷という言葉を、真に理解してはいなかったと言える。

たった今、理解できたと思った。

これが桃源郷というものだったのだ、と。

「桃源郷」の語源は、現代から遡（さかのぼ）ること千六百年以上も前に、魏晋南北朝時代の中国で活躍した詩人、陶淵明（とうえんめい）の作品『桃花源記』によるものらしい。陶淵明によれば、桃源郷とは神仙郷でも理想郷でもなく、目的意識を持って追求しても、たどり着けるような現存の場所ではないという。彼は、日常の暮らしを何よりも大切なものと考え、書物を通して、神話の世界を自由に飛翔することに喜びを見出していた。その結果として、心の中に生まれいずるのが桃源郷なのであると定義した。桃源郷は心の外には存在しない。探そうとすればするほど、それは見つけにくくなる、と。

その桃源郷が、今、私の目の前に広がっている！

毎年、六月の半ばごろ、マウンテンローレルが咲き始める季節になると、私はひとり庭に出て、しばし桃源郷に心を遊ばせる。私はキリスト教徒ではないけれど、天国とは、こういうところなのではないかと思ったりする。今は亡き祖母と、私たちの可愛がっていた亡き猫が、天国で戯れている姿を想像しては、心を和ませている。


ある年の六月、うちに遊びに来た、花の好きな友人が、マウンテンローレルの美しさに魅了され、ひと株だけでいいので持ち帰って、自分の家の庭に植えてみたいと言った。彼女はうちから車で三十分ほど離れた、町の中に住んでいる。

「こんなにたくさん生えているんだもの、お好きなだけどうぞ」

と、私はすすめた。

私も彼女を手伝って、シャベルで地面を掘り返し、はしっこの方の若い何株かを植木鉢に収めて、持って帰ってもらった。

数ヶ月後、彼女からメールが届いた。

――植えかえは成功したようです。元気に葉っぱを広げています。ふかふかの土の中に植えて、お水も肥料もたくさんあげています。

――来年の六月が楽しみね。

と、私は返事を書いて送った。

残念ながら、次の年の六月、彼女の庭に植えかえたマウンテンローレルは、花を咲かせなかった。咲かなかっただけではない。葉はしだいに茶色っぽくなり、縮んでしおれて、夏の終わりには木全体が枯れてしまったという。

――野生だから、強いはずなのに、どうしちゃったんでしょう。

と、彼女は書いていた。

あわてて調べてみると、マウンテンローレルは「痩せた土地でも、少ない水分でも、生きていける。幾重にも降り積もった枯葉が、根を保護する役目を果たしている。ただし、極端なまでの水はけの良さが必要。移植には弱い」とのことだった。

ということは、ふかふかの土も、水も肥料も要らないということだ。それよりも、水はけの極端に良い山の斜面と、降り積もる落ち葉が必要だったのだ。

移植に弱いのは、根のせいだろう。マウンテンローレルは、森の地面を這うようにして、四方八方に根を伸ばしている。根は縦に深く伸びているのではなくて、浅く横に広がっている。このあたりの山は、ブルーストーンと呼ばれている岩の多い山で、決して豊かな地質ではない。岩が多いから、当然、根は縦には伸ばせない。移植しようとすれば、どうしても、横に伸びている根をどこかで切ってしまうことになる。

そういえばこの花は、切り花にして花瓶に生けて飾っても、なぜか、それほど美しくない。すぐに花が弱ってしまうし、枝はまっすぐではないし、葉っぱにも虫に食われたあとや茶色になっているところが多い。森で咲いているときには、あんなにもきれいなのに。

こんなにも豊かに、ありあまるほど花を咲かせている木は、この森の中でしか生きていけない。

そう思うと私は、野生の強さと、その儚さに胸を打たれる。

人もそうかもしれないなと、ふと思う。

人もまた、その人にもっともふさわしい場所で生き、自分の好きな土地に根を張ってこそ、見事な花を咲かせることができるのだろう。

そうなのだ。花を咲かせるためには、根を張らなくてはならない。どんなに美しい桃源郷にも、地面と根が必要だ。そして、どんなに強い根を持ち、美しい花を咲かせても、その命は決して永遠ではない。

人と同じで、植物もまた、生まれたときから死を孕んでいる。

だから私は、その限りある「生」を精一杯、愛したいと思う。桃源郷に至るまでの道ばたに咲いている、名もない一輪の花を慈しみたいと思う。

ないしょ話

「切り花にして花瓶に生けて飾っても美しくない」などと書いていますが、半分は正しいけれど、残り半分は間違っています。どんな花でも、そうではないでしょうか。最初のうちはきれいですが、最後の方は壮絶に枯れていきます。その「最初のうちはきれい」を今年の六月、思う存分、味わわせてもらいました。裏庭の一角でマウンテンローレルの大木が倒れているのを発見し、倒れた木の枝にもたくさんの花とつぼみを付けていたので、半日がかりでカットし、家の中に飾りました。花瓶とガラスのコップを総動員して、部屋という部屋に。まるで家の中に森の妖精が舞い込んできたかのようでした。それでもまだ花は残っていたので、近所に住んでいる友人の家まで届けに行きました。咲き終わった花と枝は、森の中へ帰しに行きました。「ありがとう」と、声をかけながら。

プリティガールのお出まし

六月二十五日「1」、二十八日「3」、七月二日「7」、三日「11」と、数字は日を追うごとに増えていく。七月六日には「15」、八日には「27」になり、それ以降は「たくさん」「たくさん」「数え切れない」「見事」がつづく。

二〇一七年の日記帳に残っている記録である。

昔から、日記を付けるのが好きで、アメリカに移住してからは一日も欠かさず付けている。といっても、たいしたことは書いていない。仕事の進み具合と、その日の天気と、森の植物や生物たちのようす。だいたい二、三行の短い文章。備忘録のようなものだ。

その前の年には七月四日「2」、その前の年には七月七日「1」が初のお目見えで、やはり数字はどんどん増えていく。

前庭の野原と林の境目にある、池に咲いた睡蓮の数である。

睡蓮は、私の手で植えた。

かれこれ十七、八年ほど前のことだった。

近所の園芸店で購入してきた苗を、太ももまでずぶずぶ池の水に浸かりながら、泥の中に根を埋めるようにして植え込んだ。子どもの頃、祖父母の家に遊びに行ったとき、戯れに手伝わせてもらった田植えを思い出しながら。

ガーデニングと呼べるほど本格的なものではないけれど、野良仕事というか、土いじりというか、植物を植えたり、観察したり、水をやったりするのは、私の長年の趣味のようなもの。家の中にも鉢植えを置いて、こまめに世話をしている。よほど植物が好きなのだろう。花や木や草に触れたり、眺めたりしているだけで幸せな気持ちになれる。

森の家に引っ越してきた翌年から、私は嬉々として、庭づくりに励んだ。

前の住人がそのまま残していった花壇を整備し、まずは大の好きな薔薇の苗木を十本ばかり植えることにした。

花壇のすぐそばには、ウッドデッキがある。開花の時期が来れば、色とりどりの薔薇に囲まれて、さぞ優雅なティータイムが過ごせることだろう。夢見つつ深く地面を掘り下げて、土まみれ、汗まみれになりながら薔薇を植えた。

ほどなく、枝という枝から、勢いよく新芽が出てきた。朝な夕な、たっぷり水を与えて生長を見守った。薔薇は、陽当たり、水分、肥料をふんだんに要求する木である。

初夏の訪れと共に芽の色が赤から濃い緑に変わり、やがて若葉になり、葉を広げながら茎を伸ばしていく。

そろそろつぼみが付くだろうか。つぼみが膨らんでいって、大輪の花が咲くのはいつだろう。

薔薇色の夢は、そこまでだった。

ある朝、起きて、庭に出てみると、きのうまで若葉を茂らせていた薔薇の木は、すっかり裸にされて、見るも無残な姿に変わり果てていた。

夢を食い尽くした犯人は、鹿だった。

ホワイト・テイルド・ディアー。

ふさふさした尻尾の裏側に白い毛が生えているので、この名が付いたものと思われる。東海岸の森に限らず、ほぼ全米で見られる、アメリカでは珍しくもなんともない鹿である。カントリーロードには必ずと言っていいほど「鹿に注意」という道路標識が掲げられている（黄色の標識に、ジャンプしている鹿の絵が黒で描かれています）。

とはいえ、私にとってはいまだに珍しいし、可愛い。第一、自分の家の庭に鹿が遊びに来てくれるというだけでうれしくなるし、これはとてもぜいたくなことだと思える。

この可愛い鹿たちが、私の植える植物という植物、花という花をむしゃむしゃ食べてしまう、食いしん坊の花泥棒なのである。一頭一頭、顔つきも違えば、性格も違う。唯一の共通点は、食いしん坊であるということ。

人の姿を見かけると、跳び上がるようにして逃げ出す鹿もいれば、地面を前足で叩くようにして威嚇する鹿もいる。りっぱな角を生やしたおすもいれば、小さな体に白い斑点の付いている子鹿もいる。子鹿はまるで、絵本からそのまま抜け出てきたように愛らしい。心が痛くなるほど可愛い。

気の強い鹿もいれば、気の弱い鹿も。そういえば、うちの猫を恐れていた鹿もいた。

そんな鹿たちの中に一頭、たいそう人なつこい鹿がいた。

私たちの姿を見かけても走り去っていくことはなく、驚いたことに、向こうから近づいてくる。

「ねえ、あたしに何か、おいしいもの、ちょうだい」

と、ねだっているかのように。

このめす鹿に「プリティガール」と名づけたのは、夫である。日本語に訳すと「可愛いお嬢ちゃん」だろうか。

親しみをこめて、私たちは彼女をそう呼んだ。

「あ、プリティガールが来た！」

本当はこんなことをしてはいけない、と、頭ではわかっていながらも、雪に埋もれて、野には草一本も生えていない季節になると、私たちは、彼女がやってくるたびに、勝手口の戸をあけて、りんごや人参を投げ与えていた。

プリティガールは、うれしそうだった。笑っているように見えた。にこにこ顔とでも言えばいいのか。そのうち、仲間を連れてやってくるようになった。雪原の中に「鹿の道」

ONE WAY
SLOW

ができあがった。私は冬のあいだ、りんごの皮やキャベツの芯や白菜の外側の葉を捨てないで取っておくようにしていたものだった。

薔薇に懲りた私は、鹿の食べない植物を庭に植えるようになった。ラベンダー、きつねの手袋、水仙、犬柘植(いぬつげ)、きじむしろなど、なんらかの理由で鹿が嫌って、決して食べない植物というのがある。

園芸店へ行くたびに、

「これ、鹿は食べますか？　食べませんか？」

と、しつこく店員にたずねるのが癖になってしまった。そのうち、

「ああ、そこのそれ、鹿は食べないみたいだよ」

と、私の顔を見ると、店員の方から教えてくれるようになっていた。

そうこうするうちにふと思いついて、睡蓮を池に植え込んでみた。これなら大丈夫だろう。植えたのはひと株で、まっすぐな茎から伸びた葉っぱは、せいぜい五、六枚しかなかったと記憶している。

まさか、池の睡蓮を鹿が食べるとは思ってもいなかった。

ある朝、起きて、庭を見てみると、きのうまで池の面(おもて)に浮かんでいた、つやつやの葉っぱが一枚もなくなっていた。私の目の前で、朝の食事を終えたプリティガールが悠然と、池から上がってくるではないか。

「あーあ、睡蓮もやられちゃったよ」

「あいつ、グルメだからなぁ」

「いくらグルメでも、池の中まで入って食べるかなぁ。睡蓮はね、四十ドルもしたのよ」

「四十ドルが、一気にあいつの胃袋の中に収まったか」

しかし、睡蓮は強かった。

葉っぱは食べられてしまったけれど、泥の中で、根は生きていたのだろう。

翌年の春、水中から、赤い茎がひゅるひゅるっと伸びてきたかと思うと、ぽつり、ぽつり、と、水面に葉っぱが浮かび始めた。

「わあ、見て見て。睡蓮が生き返ったよ」

「ほんとだ。四十ドル、損しないで済んだな」

なんともけちな夫婦の会話である。睡蓮の葉っぱの上では、殿さま蛙が鳴いていた。

花が咲き始めたのは、それから一、二年後くらいだったか。

先の尖ったまっ白な花びらが、陽の光を集めて、燦然と輝いている。素朴な味わいもあるのに、高貴な雰囲気も持ち合わせている。泥の中からまっすぐな茎を伸ばしてきて、水面できっぱりと咲く。ほかの花にはない優美な佇まい。朝に咲いて、夕方には閉じる。そこに私は物語を感じる。夜は月の光を浴びて、夢を見ているのではないか。

プリティガールはなぜか、睡蓮の花は食べなかった。花の季節が終わった、秋の初めごろの葉っぱが好物のようだった。

食べられても、食べられても、睡蓮は辛抱強く根を広げていき、暑い夏の盛りに、涼しげな花をいくつもいくつも咲かせてくれるようになった。

いつの頃からか、プリティガールは姿を見せなくなった。ふっつり消えた、という感じだった。かわりに別の鹿が現れて、睡蓮の葉を食べるようになった。

野生の鹿の寿命は、平均すると、四、五歳くらいだと言われている。

生まれたばかりの子鹿は、二年後には大人の体になる。めすなら次の年に一頭の子鹿を産み、翌年には二頭産み、その次か次の年あたりで寿命が尽きる、ということになる。わずか四年しか生きられない鹿に、薔薇を食べられたって、睡蓮を食べられたって、いいではないか。

そう思えるようになったのは、しかし、つい数年ほど前のことである。

ついこのあいだまで「また食べられた、くやしい」と、私は地団駄を踏んでいた。夫は「きみがレタスを食べるように、鹿だって、睡蓮の葉を食べるんだよ」などと諭す。

野の花を食べられてもなんとも思わないのに、なぜ、睡蓮を食べられたらくやしくて、悲しいのか。延々と考えつづけていた日々もあった。

私の導き出した答えは「私が植えた」の「私」だった。私は睡蓮を通して、自我に執着しているのである。その証拠に私は、見知らぬ人の家の池の睡蓮が食べられていても、なんとも思わない。むしろ「どんどん食べたらいいよ、好きなだけ」と思っている。自分の家の睡蓮だから、食べられたくない。私の家の、私の植えた睡蓮だけは、食べてもらいたくない。この執着から解放されさえすれば、鹿がむしゃむしゃ睡蓮を食べていても、平然ある。

と見ていられるようになるはずだ、と。ここまで来たらこれはもう、ある種の精神修行である。

お釈迦さまも笑っていたことだろう。鹿と睡蓮といえば、どちらもお釈迦さまに関係している動物と花ではないか。

「きみは暇人(ひまじん)だねぇ。もっとほかに考えることはないの?」

夫にはあきれられたものだが、私はいたって真剣だった。鹿と睡蓮のおかげで、ほんの少しだけ、精神が強くなった——ような気もする。

さて、今年はいつ、最初の「1」がお目見えするのだろうか。

「1」が「2」になり「10」になり「数えきれない!」の大歓声になって、それを盛り上げてくれる蛙たちの喜びの大合唱「蛙交響曲第九番」が響き渡るのは、いつだろう。

池のまわりをうろついている鹿の中に、プリティガールにそっくりな顔つきの鹿を見つけると、「あれは彼女の子孫?」と再会を喜びながらも「お願い、せっかく咲いた花は食べないでね」と、祈りの言葉をつぶやいているきょうこのごろである。

ないしょ話

プリティガールについて。

もうひとつ、忘れられない出来事を披露します。ある日、庭に姿を現した彼女の横っ腹に、大きな穴があいていたのです。そう、穴です。穴からは生々しい筋肉や白い骨が見えていました。それくらいひどい怪我。でも本人はいたって元気そうで、痛そうでもつらそうでもありません。見ている私たちの方が蒼白になって、病人みたい。いったいあの穴は、誰にあけられたの？　誰に噛みつかれたら、あんな穴があくの？　痛々しい姿を見かけるたびに、もうどうしたらいいか、胸をかきむしりたいような気持ちになっていました。そのうち「あれは宇宙人に誘拐されて、地球上の生物の標本として、体の一部を収集されたのだ」という説が飛び出しました。誰がそんな説を？　もちろん、私じゃありません。「そんな馬鹿な！」と思いながらも、もしかしたら、そうかもしれないと思ったのは、傷口がきれいで、一滴の血も流れていなかったから。

そして、ある日を境に、穴のまわりから新しい毛が生えてきて、同時に皮膚もみるみるうちに再生されていき、あっというまに穴は塞がっていったのです。野生の力のすごさなのか、宇宙人の技術のなせるわざなのか、いまだに謎に包まれたままです。

パンを焼く彫刻家

予定していた仕事がすらすら進んで、ぽっかり時間の空いた午後。外は好いお天気。すがすがしい高原の夏、と言いたくなるような、ウッドストックの森の七月である。

さて、何をするか？

庭仕事は、春から根を詰めてやってきたから、ちょっと飽きている。それにこの季節は虫が多い。私は決していい女ではないけれど、虫にはたいそう好かれている。

キッチンに立って、空に浮かんだ雲（発酵して、膨らんでいるような）を眺めながら

「そうだ」と思いつく。

そうだ、パンを焼こう。

よく晴れて、空気はカラッと乾いている。あけ放った窓の網戸越しに、柔らかい湿り気

を帯びたそよ風が吹きこんでくる。こんな日には、イースト菌のご機嫌がすこぶるいい。きっと、皮はパリッとしていて、中身はふわふわのパンが焼けるだろう。

趣味というほどではないものの、パンやお菓子を焼くのが私は好きだ。大はお菓子を食べるのが好きだ。甘いお菓子に目がない。私は焼く人で、大は食べる人だが、私はお菓子はほとんど食べないので、これはちょうどいい組み合わせだなと思っている。

さっそくボウルを取り出して、まず粉類を入れる。全粒粉は三カップ程度。塩、さとう少々。これに、フラックスシードの粉を二分の一カップほど加える（私の編み出したレシピです）。それから、胡桃（くるみ）。そのほかのナッツ類を適当に加えることもあるし、買い置きがあれば、ドライになっているブルーベリーやクランベリーなども。そして、イースト菌。これは、かつてうちの近所の村でつくられていたという銘柄のもので、どこのスーパーマーケットでも売られている。さくさくと混ぜ合わせたら、最後にオリーブオイルを入れ、ぬるま湯を少しずつ加えていきながら、どろどろの状態になるまで混ぜる。子どもの頃、夢中になっていた泥んこ遊びの要領で。

ここまでにかかる時間は、せいぜい五分から十分くらい。

アルミホイルでボウルにピチッと蓋をして、あとは発酵を待つだけ。

ランチのあと、私はランニングに出かける。帰ってくるまで、ボウルはほったらかし。

この二、三時間のあいだに、イースト菌がしっかりと働いてくれている。

ランニングからもどってきたら、打ち粉をして形をととのえてバットに入れ、オーブンに突っ込むだけ。

「何時ごろ、焼けそう?」

「ええっと、三時半くらいかな」

夫も楽しみにしてくれている。少年Gは、焼きたてのパンの両端をまっさきに食べる。

私がパンづくりに目覚めたきっかけは、行きつけのファームスタンドで出会ったモアパン(これは私の勝手な命名)だった。

あれは、何年くらい前のことになるだろうか。

ある年の夏、近くのファームスタンドに野菜や果物を買いに行ったら、スタンドの片すみで、モアさんという名前の女性が、自分の焼いたパンをずらりと並べて売っていたのだった。カウボーイハットに細身のジーンズにブーツ。かっこいい女性カントリー歌手みたいだった。

「おひとつ、いかが?」

モアさんは、買い物客ひとりひとりに、試食用に切り分けたパンのかけらを差し出していた。私ももらって食べた。

「わ! 何これ!」(英語だと、オーマイガーッド! くらいの感嘆文)

もちもちしている、というか、むちむちしている、というか。それでいて、ふわふわ感もあって、パリパリ感もあって、こんなパン、今までに一度も食べたことがなかった。どんなに褒めても褒め足りないくらい、モアパンはおいしかった。

拙い英語力を駆使してパンを褒めると、モアさんはうれしそうに目を細めていた。

「これとこれとこれ、下さい」

三斤ほど買い求めた。モアさんは毎日、店を出しているわけではないということだったから、一部は冷凍しておこうと思った。

モアパンはどれも、煉瓦の形をした食パンで、胡桃入り、シナモンとレーズン入り、ひまわりの種入り、ディル入りなど、さまざまな種類があった。いわゆる菓子パン類は焼いていないようだった。

家に持ち帰って、さっそく食卓に出してみたところ、

「へえっ！　アメリカ人でもこんなおいしいパンが焼けるんだ！」

と、夫は妙な感嘆文で褒めていた。

それからというもの、ファームスタンドへ行くたびに、モアさんの姿を探すようになっていた。モアパンを見つけた日は「ラッキー！」だった。

スタンドのオーナーの話によると「だいたい火曜と木曜あたりが狙い目だね。でも、そうと決まっているわけじゃない」という。

あるとき、思い切って、モアさんに尋ねてみた。

「確実に、あなたのパンを手に入れたいんだけど、何か方法があったら教えて」

すると、モアさんは言ったのだった。紙切れに文字を書いて手渡しながら。

「だったらメールで注文して。三日くらい前に注文してくれたら、あなたの分を焼いて、ここに届けておくから」

つまり、特別に注文販売をしてくれるというのである。

モアさんはシャイな性格をしているのか、口数はきわめて少なく、いつも物静かな雰囲気を漂わせていた。それでも、私が得意客になってからは、ぽつりぽつりと自分のことを話してくれるようになった。

モアさんの本職は、彫刻家。うちから車で十五分くらいのところにある、グレンフォードという村の古い教会を買い取って、そこで暮らしているという。夫と娘がふたり。

「ああ、あの教会！ 知ってます。いつもその前を車で通ってるから」

聞けば、高校生のとき、ホームステイで日本へ行ったことがあるという。町はヨコハマ。日本人はとても親切だった。いつかもう一度、日本へ行きたい。そんな話も出た。

その年の夏から冬にかけて、我が家の食卓には朝も昼も夜もモアパンがのぼった。メールで注文することもあったし、スタンドにモアさんの出店が出ていれば、ほくほく顔で買い求めた。

「さすがは彫刻家のパンだよな。彫刻家って、こねるのとか、窯で焼くのとか、得意そうじゃない？」

「馬鹿ね。それは陶芸家でしょ？　彫刻家は、木や石を削ってるのよ」

などと返しながらも、「彫刻家のパン」という言葉にはうなずくことができた。モアパンはまるで芸術品のようだと思っていたから。

「おいしく焼き上げるこつはね、発酵に時間をかけること。そして、生地をこねないこと」

モアさんはある日、モアパンのおいしさの秘訣を尋ねた私にそう教えてくれた。

「え？　こねないの？」

「そう、こねない。こねたら駄目。こねないで、ほったらかしにしておくの」

家に帰って夫に話すと、

「さすがは彫刻家だな。こね回すのは陶芸家か、せいぜい政治家か。理屈をこねたり、駄々をこねたりしないから、モアパンはおいしいんだな」

と、これまた妙に説得力のある答えが返ってきた。

年が明けてぶあつい積雪も解け、待ち遠しかった春がやってきた頃、モアパンは村から忽然と姿を消した。メールを送っても、返事が届かない。スタンドの経営者に訊いても

「さあ、知らない」という答えしか返ってこない。

「どうしたんだろうね、モアさん」

「忙しいんだろう、本業が」

「ああ、モアパン、食べたいな」

やがて夏が来て、モアさんの暮らしている教会の庭は、草ぼうぼうの状態になった。夏草に埋もれるようにして、モアさんが創ったと思われる彫刻が置かれている。置かれているというよりも、置き去りにされているという感じ。

夏の終わりになって、ファームスタンドのオーナーから聞かされた。モアさんはもうパンを焼かない。モアパンも出回ることはない。モアさんは、末期癌の治療に専念するために、この村を離れたんだよ、と。


家中に、パンの香りが立ち込めている。

あと五分もすれば、我が家のパンは焼き上がるだろう。ナイフで切ると、そこから湯気がほかほか立ちのぼってくる焼きたてのパン。香ばしい。

「小説家のパンだな」

「そうよ、じゅうぶん、練ってあるのよ。寝かせて、膨らませたのよ。推敲だって重ねたんだからね」

しかし、モアパンには及ばない。味も食感も、あのモアパンには遠く及ばない。それは当然だ。モアパンを超えるパンは、誰にも焼けない。

あの頃、モアさんは自分の寿命を知っていたのではないかと思う。余命いくばくもないと知って、モアさんが始めたのは、おいしいパンを焼くことだった。おいしいパンを焼いて、人々を喜ばせ、人々をほかほかと幸せにすることだった。

芸術村のウッドストックには「アーティストです」と名乗る人が多い。作家、詩人、ミュージシャン、写真家、陶芸家、画家。犬も猫も人も歩けばアーティストに当たると言いたくなるほど、芸術家だらけである。成功しているか、名声を手に入れているか、名前が知られているか、など、まったく関係ない。本を一冊も出していなくても「僕は作家です」と言えば、その人は作家なのである。

ウッドストックの住人にとって、アーティストの定義とは、自分の創造物によって人を喜ばせ、楽しませることのできる人。
モアさんは、筋金入りのアーティストだった。
モアパンは、彼女の最後の「作品」だった。

ある晴れた夏の朝

森の中で暮らすということは、物言わぬ小さき者たちと友だちになること。

最初は大きな者たちだった。黒熊さん、食いしん坊の鹿たち、鹿のプリティガール、ビッグバードと呼ばれている七面鳥、ふくろう、カナダグース、ブルーヘロン（鷺の一種）。

それから、しっぽがふさふさの銀灰色のりす、ふわふわの綿のかたまりみたいなしっぽを持つ野うさぎ、消防自動車のサイレンを思わせる声で鳴くコヨーテ（草原狼）、跳び上がってから前足で突っ込むようにして獲物を仕留める赤毛のきつね、黒と白のあざやかなファッションに身を包んだスカンク、水べりを走っていくミンク、水にもぐって猛スピードで泳いでいくビーバー、たぬき、ウッドチャック、ポーキューパイン（やまあらし）、しまりす、野ねずみ、もぐら、小鳥たち。だんだん小さくなってくる。

このごろでは、蛙、蛇、亀、やもり、いもり、とかげ、とんぼ、せみ、名前も知らない虫たち。きわめて小さな両生類や昆虫たちまで、友だちになっている。

「このあいだ、岩をめくったら、あの子がいたわ」

「岩の下？　ということは、あいつか」

「うん、目のない黒い蜥蜴（とかげ）みたいな小さな子」

調べてみると、とかげは「石竜子」とも書くようだ。日本語は美しい。石の下や岩の下や腐った木の幹の中などにじっと隠れている小さな竜の子――みたいな蜥蜴（なのかどうか、実のところ、わからないのだけれど）も、私たちにとっては親しい「あの子」になっている。会話もできないし、触れ合うこともできない。それでも友だちなのである。

森の中で暮らすということは、小さき友たちの生死を見せつけられるということ。

虫たちは小鳥たちに食べられる。卵から孵った雛たちは、親鳥から青虫やみみずやとんぼをもらって大きくなっていく。岩の下に潜んでいる生き物は、黒熊に食べられる。池の蛙は、ふくろうや鳥にさらわれていく。蛇や赤りすは、小鳥の巣から卵や雛鳥を奪っていく。しまりすや野うさぎは、禿鷹の鋭い爪につかまれて、空の彼方へ連れていかれる。誰かが誰かに食べられて、誰かが誰かの命になって、生存していく。これは野生の掟のようなもので、誰にも逆らうことはできないのだろう。

目が開いたばかりで、羽の生えかけているアメリカンロビンの雛鳥が、木の枝の上で赤りすにバリバリ齧（かじ）られているのを見かけたときには、ショックでひと晩、よく眠れなかったものだが、赤りすもまた命がけで、赤りすの生を生きているのだと思うに至った。思うに至るまでは、半年くらいかかったけれど。

コヨーテに倒された鹿の死体が、わずか数日のあいだに、跡形もなく、毛一本も残されることなく、きれいになくなっていくのを目にしたときには、鹿がかわいそう、というよりもむしろ、鹿は鹿の生を全うしたのではないか、と、すがすがしいものを見せられたような気持ちになったものだった。

しかしながら、人の運転する車に撥（は）ね飛ばされて、路上で血を流しながら、息絶えている生き物を目の当たりにすると、胸がきりきり痛む。ランニング中、小さき友たちの死体を見つけたら、私は葉っぱで包んで路肩から森まで運んでいく。

「もう死んでいるんだから、そんなことをしても意味はない」

と、夫は言う。

私はそうは思わない。

たとえ死んでいても、道路のまんなかでぺしゃんこになるまで、車に轢かれつづけてほしくない。それもあるけれど、あの子たちには、魂がある。森で生まれ育ったあの子たちの魂は、森に還ってこそ成仏できる。私はそう信じている。

森の中で暮らすということは、自然の美しさ、優しさ、懐の深さとともに、その厳しさ、非情さ、過酷さ、容赦のなさを受け入れながら生きる、ということにほかならない。

豪雪、酷寒、凍結。悪天候による停電、浸水、車寄せの道や溝の決壊。

この二十数年のあいだに、さまざまな自然災害に遭遇してきた。電信柱が自然発火して、危うく山火事になりそうになったこともあったし、大晦日に、地下から井戸水を汲み上げているポンプが故障し、水のない新年を迎えたこともあった。

ついこのあいだも、暴風によって、裏庭に生えている栂の大木が倒れてしまい、大型クレーン車を呼んで、吊り上げ作業をしてもらったばかりだ。壮絶な死を遂げた、という表現がふさわしい、樹齢何百年のように見えた大木の根は、信じられないほど長く、太く、四方八方に手足を伸ばしていた。まるで怪物のようなその根は、木の生きてきた歴史を、森の歴史を物語っているかのようだった。倒れる角度が少しでもずれていたら、我が家は半壊していただろう。私は木に感謝した。

森の中で暮らすということは、私にとって、解放されるということだ。人間社会からの解放。人間関係からの解放。言葉からの解放。情報からの解放。文明からの解放。日々、いろんな解放感を味わっている。解放されて、自分が無力で無知でちっぽけな人間に過ぎないことを自覚する。つかのまの解放に過ぎない。一瞬だけの解放かもしれない。それでも解放は解放だ。

タイトルも作者も忘れてしまったけれど、何年か前に読んだ本の中に、こんなことが書かれていた。いじめられ、学校へ行けなくなった子どもたちを森の中に連れてきて、しばらく生活させてみたところ、子どもたちの心は回復し、また学校へ行けるようになった。

同様に、いじめをくり返していた子のいじめも、森の生活を体験したあとに止まった。自閉症、鬱病などにかかっていた人たちの症状も緩和されたという。

さもありなんと、納得した。私は渡米前（三十代前半です）の一時期、自己嫌悪と劣等感と厭世観に囚われ、人に会ったり、人と話をしたりするのが苦痛でたまらなくなっていたことがあった。今、思い出すと、軽い鬱だったのかなと思えるのは、ほとんど毎日、午後三時ごろから布団に入って、寝てしまわずにはいられなかったから。起きているのがつらかった。夜は夜で寝ていた。つまり、睡眠時間が異常に長かった。

当時は恋人だった夫に「どうしてそんなに寝てばっかりいるの？」と訊かれたとき、冗談めかした口調ではあったものの「生きてても、この世の中、ちっともいいことなんてないから」とか「がんばってもがんばっても、努力が報われない社会が悪い」とか「何もかも虚しい」などと、絶望的な答えを返していたものだった。

そんな私がきょうまで、好きな仕事をつづけてこられたのは、窓の外に広がっている森のおかげだと思っている。森が私をたくましくしてくれた。森が私を育て、鍛えてくれた。慰めてもらったり、癒してもらったりした覚えは、ない。常に厳しく突き放されてきた。

それが私には効いたのだと思う。

森の仕事部屋から、多くの作品が生まれた（このエッセイ集も）。森が私に作品を書かせてくれたのだと思っている。このごろの私は、子どもたちに森の魅力を伝えたくて、児童書を積極的に書くようになっている。

去年の夏、この森の中で書いた『ある晴れた夏の朝』という作品が、今年（二〇一九年）の青少年読書感想文全国コンクールの課題図書、中学生の部の一冊として選出された。思い返せば私も、五十年前には中学生だった。夏休みに本を読んで感想文を書いた記憶が、ぼんやりとだけれど、ある。中学時代から小説家にあこがれていた私が五十年後に、中学生に読んでもらえるような作品を書くことができた。これが夢でなくて、なんだろう。私の夢は未来ではなくて、ここにある。今、この一瞬一瞬が「夢」なんだと思う。

『ある晴れた夏の朝』は、アメリカの高校生たちが、広島と長崎に投下された原爆の是非を問う、という内容の作品で、森の魅力や生活とは一見、関係がないように思われるかもしれない。しかし私は、関係は大いにあると思っている。原爆について考え、戦争について考えるということは、とりもなおさず、自然保護、動物保護、環境問題について考える、ということだから。人間と自然を、平和と地球を、切り離して考えることはできないと思うから。

私が初めてアメリカ大陸の土地を踏んだのは一九九二年、八月六日。

奇しくも、広島に原爆が落とされた日と同じ日だった。

成田を飛び立って、ロサンゼルスの空港に到着したあと、ぶあつい書類を携えて、移民専用の入国審査室へ向かった。香港の中国本土への返還が間近に迫っていたせいで、審査室の前には、万里の長城を思わせるような行列ができていた。

夫はアメリカ人の帰国手続きでいいわけだから、五分もかからない。ここで夫と別れて、私はひとり、この行列の最後尾につくことになる。英語も満足に話せない私が審査を無事、通過できるだろうか。終わるまでに何時間、かかるのだろう。

不安そうな表情をしている私に、近くにいた係員がこう言った。

「あなたのパートナーもいっしょに、この部屋に入っていいんです。なぜならここはアメリカですから。アメリカは、自由の国なんですから」

あのとき耳にした英文が、今も脳裏に焼きついている。

Because this is America. America is the land of the free.

アメリカの自由は私を、日本という社会から、日本人という人種から、ある意味では解放してくれたと言えるだろう。しかし同時に、アメリカの自由が、さまざまな国の人々の自由を奪い、土地や町や生活を容赦なく破壊してきたという過去と、今もなお破壊しているという現実から目を逸らしてはならないと、この国で暮らす外国人移民のひとりとしてそう思う。

私はなぜ、八月六日に、よりにもよって日本に原爆の落とされた日にアメリカに移住したのか。理由はない。夫もまったく意識していなかったという。偶然なのか、必然なのか、わからないけれど、なんらかの力が作用して、私たちに飛行機のチケットをその日に取らせたということなのだろう。

二十七年前の八月六日、原爆投下から数えると四十七年後の、まっ青に晴れ上がったロサンゼルスの夏の空――。

そこからすべてが始まった。

あとがき——森の中で、人に支えられて

花の命は短くて、苦しきことのみ多かりき

言わずと知れた林芙美子の名言である。

私の場合には、三十代の後半から五十歳までがたいへんに苦しかった。渡米後、小説の新人賞を受賞したのに、小説で食べていくことができないままだった。その間、どうやってご飯を食べていたのか。

夫に養ってもらっていた。情けない。こんなことではいけないと、あせりつづけていた。子どもではない、大の大人なんだもの、自分の力で食べていくのが当たり前だろう。熊にだって、鹿にだって、りすにだって、小鳥にだって、できていることじゃないか。

森の生活は楽しかったけれど、心のどこかが常に枯渇していた。新人賞をいただく前よりも、いただいてからの方が飢餓感が強かった。「新人賞を取ったのに消えていった人」になることは、取れないことよりも何倍も苦しいことだと思い知らされた。手ごわい自我との闘い――「私の植えた睡蓮」である。

そんなある日のこと、ウッドストックの町はずれで占星術をやっている人に、将来を占ってもらいに行った。苦節も十年をとうに過ぎた二〇〇四年の一月だった。占ってもらったって、どうにもならないとわかっていても、藁にもすがるような気持ちだった。

「あなたは人嫌いで、孤独を好むようだが、まわりの人たちは常に、あなたを助けてくれる。多くの人たちが、あなたのまわりには集まってくる。あなたはそういう人たちに支えられて、今年、大きな仕事を成し遂げられる。今年、転機がやってくる」

「え？　今年ですか？」

「チャートには『今年』と出ています。私は霊感や直感では占いません。すべてこのチャートに出ていることです」

チャートとは、ぶあつい百科事典にも似た、いかにも古そうな書物だった。

今年か……。意気消沈して、占い師の家をあとにした。もしも今年、大きな仕事を成し遂げられる（私にとってそれは、小説が出版されるということしか意味していない）のならば、一月も終わりに近い今、原稿がゲラになっているとか、雑誌掲載の予定があるとか、なんらかの兆候がないといけないわけである。

なんの兆しもない。やっぱり占いなんて、当たらない。私が馬鹿だった。二十ドル損した。凍りついた雪道にぶつぶつ愚痴をこぼしながら、家路についた。

しかし、この二十ドルは、何倍にもなって返ってきた。占いは見事に当たった。事実は小説よりも奇なりとはこのことで、その年の九月、なんと九年間も日の目を見ることのなかった原稿が出版された。『欲しいのは、あなただけ』——この作品によって私はやっと、小説家としてふたたび、スタートラインに立つことができたのだった。

＊

それ以降きょうまで、占い師の言った通り、私は森の中にこもっていながらも、日本にいる多くの人たちに支えられて、好きな仕事をさせてもらっています。地球が森に、森が木に、木が根に支えられているように、私は人に支えられていると感じます。

この作品も、ここにはとうてい書き切れない、数え切れない方々のご尽力によって、できあがりました。

いいえ、でもまだ、完成していません。

この本がみなさんに読まれたとき初めて、この作品は完成します。

私の見ているこの森が、森の空気が、風が、光が、緑が、野の花が、花びらにくっついている露の玉が、あなたのもとへ届きますように。


二〇一九年初夏、池のまわりを食いしん坊さんがうろつき始めた日に

小手鞠るい

本書は、「ウェブ平凡」二〇一八年八月二〇日～二〇一九年八月五日に掲載された
「空から森が降ってくる」に大幅に加筆の上、書籍化したものです。

写真　グレン・サリバン

小手鞠るい（こでまり・るい）
一九五六年岡山県生まれ。同志社大学法学部卒。一九九三年、『おとぎ話』で海燕新人文学賞を受賞。二〇〇五年、『欲しいのは、あなただけ』で島清恋愛文学賞、二〇〇九年、絵本『ルウとリンデン 旅とおるすばん』でボローニャ国際児童図書賞、二〇一九年、『ある晴れた夏の朝』で日本子どもの本研究会作品賞を受賞。一九九二年に渡米、現在ニューヨーク州ウッドストック在住。主な作品に『エンキョリレンアイ』『テルアビブの犬』『アップルソング』『星ちりばめたる旗』『炎の来歴』『瞳のなかの幸福』『ウッドストックの森の日々』『優しいライオン』など多数。

空（そら）から森（もり）が降（ふ）ってくる

発行日　二〇一九年九月四日　初版第一刷

著者　小手鞠るい
発行者　下中美都
発行所　株式会社平凡社
〒一〇一-〇〇五一　東京都千代田区神田神保町三-二九
電話　（〇三）三二三〇-六五八〇［編集］
（〇三）三二三〇-六五七三［営業］
振替　〇〇一八〇-〇-二九六三九
印刷　株式会社東京印書館
製本　大口製本印刷株式会社

ISBN978-4-582-83812-1
NDC 分類番号 914.6　四六変型判（18.3cm）　総ページ 252
平凡社ホームページ　https://www.heibonsha.co.jp/